U0144165

張愛玲的 【魏可風◎著】

張愛玲的【目次◎CONTENTS】廣告世界

【目次◎CONTENTS】

【1 · 廣告篇】

一九三三年十二月，美麗牌香菸在《申報》刊登這樣的廣告，同樣也會在《新聞報》上刊登，這兩大報就像今日台灣的《聯合報》和《中國時報》，勢均力敵地瓜分著大上海的訂戶讀者。

直到三〇年代初，雖然攝影技術已經有很長足的進步，但是報上幾乎還看不到照片，所有的報紙廣告都是畫出來的，後來才漸漸有電影廣告上的宣傳照片，像照相機、柯達軟片、汽車廣告等等，才有商品照片放上去。

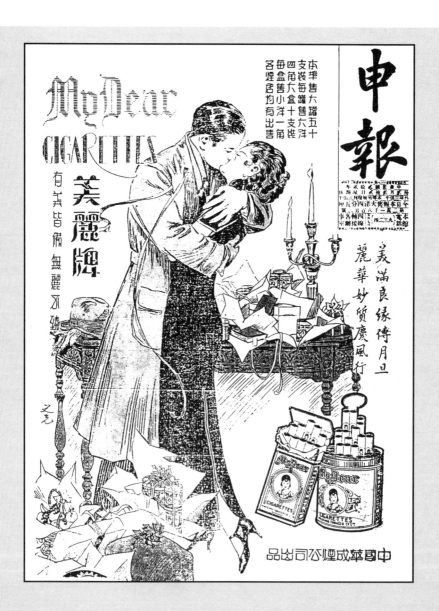

無麗不臻

前言

My Dear CIGARETTES，被翻譯成美麗牌，雖然很俗氣，一旁卻緊連著優雅不俗的對句分解：「有美皆備，無麗不臻」，前景後景桌上地下全都是各種不同包裝的禮物盒，佳人穿著開衩長旗袍，被玉樹臨風的紳士猝然擁吻，說是「猝然」，因為細白的手上還飛滑著一條流線優美的禮物拆封絲帶。

「美滿良緣傳月旦，麗華妙質慶風行」，指的既是佳人又是美麗牌香菸，這幅廣告裡的故事，必定是通俗小說式的、瑰麗煽情的、媚惑的。

一九三三年十二月，美麗牌香菸在《申報》刊登這樣的廣告，同樣也會在《新聞報》上刊登，這兩大報就像今日台灣的《聯合報》和《中國時報》，勢均力敵地瓜分著大上海的訂戶讀者。

直到三○年代初，雖然攝影技術已經有很長足的進步，但是報紙上幾乎還看不到照片，可能是印刷技術的問題，所有的報紙廣告都是畫出來的，後來才漸漸有電影廣告上的宣傳照片，逐漸地，像照相機、柯達軟片、汽車廣告等等，才有商品照片放上去。在廣告還靠著繪畫支撐的年代，精采細緻的廣告圖片還真是不少，尤其是化妝品、服飾、汽車的廣告。

張愛玲出生於一九二○年，繁華喧鬧的租界上海三○年代，正

值她似懂非懂的青春少女時期，對於眼前的世界特別好奇，她喜歡母親姑姑住處裡新奇的物事，喜歡豐足典麗的屋內布置與生活，在那種年紀，她對於親人朋友之間的對待關係也特別敏感。

她是名門之後，她的少女時代原本應該是高度物質欲的，因著從小的聰明與靈巧，也會是神經過敏的。不幸的是，她個人這個時期的生活史卻是被迫極度缺乏物質，極度缺乏父母關愛的。她可以犀利地看穿整個租界上海的繁華，那襲華美的袍子背後，不過是長滿了蝨子的腐朽，她手上像是拿了一只風月寶鑑，把那些看穿了的東西全部呈現在她的作品裡，那些小說裡的女子們，便也都有了水蛇般的腰枝與嫋娜剪影。

為了那些剪影，人們依然愛死了那襲極度華美的袍子。

那老上海的美，不但是商業的，也是媚惑的、瑰麗煽情的、通俗小說式的，正因為如此，才會出現波濤洶湧的上海熱。東方明珠塔台、浦東的高樓天空線、從黃浦江望過去的外灘夜景、和平飯店裡的老爵士樂團，美好的過去鼓動著現在未來滔滔的黃浦江水。

聲色游藝

　　張愛玲的父親與後母在一九三四年的春天結婚，婚禮舉行地點是一九一〇年代建成的禮查飯店，當時的地址是黃浦路七號，也就是後來的浦江飯店和上海證券交易所。這家飯店的外觀是英國新古典主義的形式，有成排的拱形窗戶，樓高五層，大廳十分寬敞，可以容納四、五百人的晚宴，牆上還裝有當時流行的大玻璃鏡。

　　一樓有「燻炙室」，類似今日的三溫暖，無論喜慶宴會、俱樂部聚餐或大型議會，都能夠提供客人最好的服務。除此之外，平日的「茶舞」從下午五時一刻至七時一刻之間入場，入場券為一元大洋，茶點則照菜單收費。

　　所謂的「茶舞」，簡單說就是喝茶跳舞，可以什麼都不做，只單純叫飲料點心，在裡頭坐個把鐘頭，無聊了或者花幾個錢找舞女伴舞，或與同來夥伴一起跳舞都可以。這是大飯店，外國人多，當然跳舞的

舞步和音樂都是比較正式的交際舞，費用也比一般的小舞廳貴多了。

二、三〇年代上海租界裡的飯店越蓋越多，都率先採用最新的水汀熱氣爐，以便冬天能夠供應暖氣，在電影院紛紛加裝冷氣系統的同時，大飯店當然也不落後，新亞大酒店在北四川路（今四川北路）與郵政總局貼鄰，一九三三年冬天因為熱氣爐壞掉，以致於無法供應暖氣與熱水，修復時還特別登報大啟事，以恢復對顧客的信譽。

隔年夏天新亞酒店便有冷氣開放，中餐室如筵席小酌每客一元兩角起，西餐室則午餐一元半起，晚餐兩元並附有小食，酒排冰室有各種冷飲，如果只點汽水則每瓶兩角。清末以來，英美式的西餐館就被上海人稱為「番菜館」或「大菜館」，在霞飛路（今淮海中路）上則有幾家白俄開的俄式餐廳，這種專門的西菜餐廳有些不見得比飯店便宜，但專業道地的程度卻不同。

三〇年開張的東方飯店（今上海市工人文化宮），和三四年竣工的都城飯店（今新城飯店），與沙遜大廈、張愛玲的姑姑常去的仙樂舞廳，以及張愛玲自己經常光顧的國泰戲院，都是英國猶太人資本家沙遜家族的關係企業。

東方飯店開張時的廣告上還強調：「上海各旅館內大多喧鬧歌唱徹夜不絕，本飯店特將第五層闢為清靜房間，規定於下午十二時後，不得玩牌召妓，俾喜靜厭繁之旅客得以安睡，」並且「附設高雅書場，特聘有名彈詞家及游藝家十餘人，日夜開唱，供旅客及各界之消遣娛樂。」

大概大飯店裡「召妓玩牌喧鬧歌唱」在當時是很普遍的，做生意宴客、應酬、跳舞，都能夠在大飯店裡。因此才會有另闢「清靜房間」的別出心裁，《海上花》時代的長三書寓，到了這時候也沒落了。直到戰後，飯店兼娛樂場的情況一點也沒有改變，飯店廣告上常常有「天天茶舞」，某某大樂隊伴奏，某某小姐唱歌，某某小姐美麗舞蹈（或伴舞）的廣告。

　　《海上花》的時代在張愛玲生活的年代被她緬懷著，張愛玲時代的上海，如今也被人們緬懷著，那夜夜笙歌、繁華與頹廢同在一體的大上海！

仙樂處處聞

　　八一三戰役之後一年，一九三八年九月，上海租界已經被日軍完全包圍，成為真正的孤島。十六日的《新聞報》有一個大版面刊登「仙樂」（Ciro's）舞廳重新開幕的大廣告，靜安寺路四四四號，正是張愛玲的姑姑常與朋友一道去跳舞的地方。開幕當天請到當紅坤伶剪綵，裡面除了大舞池、冷氣、最好的樂隊，還有烹調大菜的名廚，不收門票，但是每客大菜（西餐）兩元，比起每客大菜一元半或一元的中型舞廳，甚至幾角錢就能有茶點、十張舞票的「茶舞」要貴多了。

　　這些舞廳就像電影院一樣，在二、三○年代的變化最為劇烈，每隔一、兩年就得重新裝修，否則就會趕不上最新的設備和潮流。一九二九年在四馬路跑馬廳開幕的大中華跳舞廳，就強調「有破天荒的布置、有最優秀的五星、重金聘請的音樂、稱心滿意的招待、美味適口的大餐、衛生清潔的冷飲」，並且「斥資兩萬金建造最新式之跳舞場」，

置身其中「不啻入不夜之城」。

　　「月宮」跳舞場在隔年重新裝修開幕，也同樣刊登一個大廣告，並且「禮請素負盛名色藝絕頂之中日西舞星四、五十人，各各千嬌百媚婀娜動人」，「地板之光光滑滑，早為之諸君子所公鑑」，一九三〇年因為還沒有冷氣裝置，所以「窗戶洞開四通八達，空氣新鮮，電風密布」，已經是十分愉快而避暑的設備了。

　　像這種舞場到了三〇年代中期都是不得不重新裝潢的，那些花的資本較少，場地較小的地方，當然比較不可能出現洋人和有錢的華人，甚至還被好人家稱為「龍蛇雜處」，名媛、良家婦女是不可以去觸碰的。

　　那種「天天茶舞」的地方，紅牌舞女常常在舞場廣告中出現，舞票從一元六張到十張不等，點心名茶也許一角或角半一客，也有五角

的經濟大菜，沒有紅牌舞女撐場面的跳舞場甚至還安排特別的魔術表演。煙霧瀰漫裡的舞女，燈紅酒綠裡打情罵俏、吃豆腐，不必怕有洋人在場、舞步跳亂了出醜也沒關係的小舞場，在穆時英的小說裡多得很，醉人又頹廢。

但是張愛玲卻正正經經地寫了一篇〈談跳舞〉，裡面寫到沒什麼人跳的「探戈」、當時美國流行的Jitterbugs，被她稱為「驚蟄」，以及上海高尚仕女之間的足尖舞，最後又有日本的「東寶歌舞團」。怎麼看，跳舞都是時髦或具有文化探討性的娛樂。

她是個會跳舞的人嗎？抑或是個喜歡跳舞的人？常常去舞廳的人？從這篇中規中矩的散文看來，似乎都不是，舞廳對她而言，頂多是偶爾同女伴去「參觀」兩下子的地方。那麼，寫跳舞，是為了上海那麼多舞宮，那麼流行跳舞的緣故吧！

偉記月宮跳舞場

敬啟者本舞場之堂皇高敬精雅絕倫早已蜚聲環球毋待多贅為是精益求精爰於八月一日起暫不營業將內部裝璜悉心佈置益臻善美現已裝修就緒諒於八月九日（即星期六）重行開幕並續請素負盛名色藝絕頂之日西舞星五四十八個個千嬌百媚嬌動人心至於樂聲之悠揚悅動聽地板之光潔諸君子所公鑒豈余一人之所窈洞間四達空氣新鮮電風密佈誠為海上唯一高尚而偷快之避暑娛樂場也並備偉員正歐式大餐冷白飲味美清潔侍股勤迎座位舒適寬敞敢謂為不信生冷最一試每晚八時半開場星期日下午五時起八時止來盛大的茶舞大會門票每位六角茶點奉送附啟自八月一日以前無偉記牌號之舞票一概作廢 地址北四川路九號 電話四四三九一

咖啡香

「在咖啡館裡，每個人一塊奶油蛋糕，另外要一份奶油，一杯熱巧格力加奶油，另外要一份奶油。」這是張愛玲在〈雙聲〉中，描述她與炎櫻逛街買鞋後到咖啡館歇腳的開頭。

一小段文字裡頭就有四份奶油，聽起來那種逛街的時光是十分優渥快樂的。在還沒有認識炎櫻之前，張愛玲大約經常同三表姐黃家漪一同逛熱鬧的霞飛路或靜安寺路吧！那時上海的咖啡館已經非常多了，而且點心、咖啡都做得十分專門好吃。咖啡兩杯一元，蛋糕比較貴，要三元到六元之間不等，冰淇淋則和蛋糕大約差不多。

咖啡館、影戲院、舞廳都是三〇年代許多文人經常光顧的地方，有些較大的咖啡館也像表演場，有歌女唱歌表演、樂隊伴奏，還有書場、茶廳，聘請彈詞名家，可以喝咖啡，吃歐美大菜，也有各式香茗，像穆時英、葉靈鳳等人，十幾歲的張愛玲應該在他們的作品中時常看到咖啡館這些場景。

一九三四年，在大光明戲院旁邊開了一家大光明咖啡館，不知道是不是戲院的關係企業，但樓上是大滬舞廳，這個咖啡館裝了最新的冷熱氣汀，也就是冬天有暖氣，夏天有冷氣，並且有「皇家廚師」做的大菜，還有各種糖果西點，在炎熱的夏天，點一杯咖啡和一只蛋糕，可以在裡面耗上陽光烈艷的一下午。

不知道張愛玲是否會在電影結束後，順便與三表姐去那家咖啡店坐坐，吃點冰淇淋、蛋糕什麼的，或者在霞飛路逛累了，也會隨便找一家咖啡店進去點東西吃，就像後來和炎櫻逛街一樣。

那是多麼久遠以前的事了？

張愛玲的晚年回憶裡曾提到的幾家西點麵包店，像兆豐公園對過的俄國麵包店老大昌、香港天星碼頭附近的青鳥咖啡館，還有小時候同父親一起去飛達咖啡館挑揀小蛋糕，偶爾她會吃一只父親的香腸捲，那時父親還是愛她的。

充滿奶油味和咖啡香的咖啡店，對於張愛玲而言，都是溫暖美好的記憶，沒有一點頹廢或無聊殺時間的意味。

冰淇淋

張子靜說他姊姊最喜歡吃紫雪糕。看到一分鐘冰淇淋機的廣告才知道，原來「冰淇淋亦名雪糕」，至少遲至一九三五年的夏天仍是如此，與我們現在所認知的比較像冰棒的雪糕不太一樣。

但是到了一九三六年的「凡而佛冰結漣」，就在圖案上分出形狀，有杯裝與牌狀的冰結漣，「杯與牌每客只售一角」，售價卻是相同的。一九三九年的美女牌貴妃糕冰結漣卻強調「係以高等糖果為外層，內包厚味香草冰結漣」，這已經完全符合現在雪糕的樣子了。但可以看出，前者有翻譯的名稱，後者是美商監製，其實都是外國貨。

回到一九三五年的一分鐘冰淇淋機，那應該是上海人自己發明的。因為看不到任何洋行代理的字樣，是由上海勤昌廠製造，中國化學工業社發行，在上海各大百貨商店及國貨公司出售。

在四位美人旁邊的框框裡的小字介紹是這樣的：「冰淇淋亦名雪糕，為夏令最衛生之飲品，舊式筒須經一、兩小時用力不絕搖轉始能凝結，本機之機構奇巧，玲瓏便捷，凝結迅速，所費時間至多不過一分鐘，製品經濟而清潔衛生，其需要之多寡可以隨意增減，而機體輕小尤便於攜帶。」看起來像是家庭中可以自製的冰淇淋機，但不知真有那麼方便好用，又不知銷售好不好，怎麼看起來那樣好的發明沒有

美女牌貴妃糕冰結漣
美女牌冰結漣
味美可口溯源甚粹

美女牌貴妃糕冰結漣
係以高等糖果為外層
內包厚味香草冰結漣
滋味益加膄美
美女牌貴妃糕冰結漣
係美女牌冰結漣公司
最新出品諸君先嚐
為快卽日一試

美商美女牌冰結漣公司監製

{張愛玲的廣告世界} 019

一直被改良流傳？

　　張愛玲喜歡吃冰淇淋，在〈燼餘錄〉裡，她甚至與炎櫻在轟炸後滿目瘡痍的香港街道上找尋冰淇淋，結果找到的還是裡面摻著碎冰的冰淇淋，物資短乏的關係，大概一客冰淇淋的要價會越來越貴吧！直到一九九五年，在女作家於梨華的回憶中，中年張愛玲吃香草冰淇淋蘇打的神情，仍像個孩童一般天真。

　　日本戰敗後的上海，街上的咖啡店、飯店因為美國大兵的需要，供應冰淇淋的更多了。一九三六年七月的一個小方塊飯店小方塊廣告裡寫著，「特色冰淇淋、鮮波羅冰淇淋、香草冰淇淋，每客三千五、三千元、二千元，鹹湯、天蓬牛排、點心、咖啡，社交聯歡菜，連捐九千元」，這是個有音樂演奏有跳舞場的飯店，但是先把冰淇淋廣告打

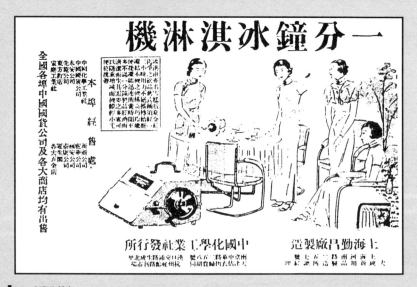

在上頭，顯然是酷暑中最誘人的一項，「連捐」的意思，就是定價的九千元中已經含有筵席捐，不必另再加價。

這一年，也許街上的冰淇淋曾經吸引過張愛玲，或者炎櫻也還經常拉她去咖啡店吃蛋糕或冰淇淋，但是她身邊的錢都得節省著接濟逃亡中的胡蘭成，也許連最愛的冰淇淋都覺得奢侈。

瀕臨破碎邊緣的愛情，會比平順的愛情要來得力量強大得多。

筵席捐

在〈多少恨〉的開始，宗豫向家茵買過來一張電影票，票價是七千元。

一九三九年以前一張影戲票是一角、兩角、三角、五角，這樣的價錢早已不見了。在日軍佔領期間的上海，以後來排演《傾城之戀》的蘭心戲院為例，一九四四年八月票價為一百、兩百，錢幣的貶值幾乎是以千倍計算，那麼到了戰後更貶了萬倍。

四一年以後的上海，吃頓飯到底要花上多少錢？在四四年十二月日本發動神風特攻隊攻擊美國航空母艦群之前，想約幾個朋友去黃鶴樓吃些川漢細點，武昌牛肉、黃鶴豆腐、江漢排骨、粉蒸名菜、珍珠丸子、鸚鵡洲雞、荊州扣肉，都是熱騰騰的，讓人盡興的，一桌子下來，不過一千多元。南京路上的新雅粵菜館，花兩三千元可以有全鴨全魚、全蹄全雞的幾大盆大筵席，但是不包含筵席捐。如果想吃吃大菜，到金門酒店八樓，有為顧客個別烹製的咖啡，每客才三百六十元，還有歌女駐唱。

這一年冬天，張愛玲才結婚不久，雖然不久胡蘭成就飛到武漢去辦《大楚報》，夫妻倆從來都是聚少離多，但是那甜蜜喜悅的心情，她總是掩不住。在〈中國的日夜〉裡，她是個天天去小菜場買菜的主婦了，一百隻洋買兩只橘子，賣橘子的小販忽然大聲喊，把她嚇一跳，無線裡申曲的調子、沿街化緣的道士，中國的太陽底下，中國的人民、各種嘈雜繁怨的人聲，於她這樣個人小我的快樂中，都化成了街道上滿滿的顏色，滿溢得掬都掬不住。

實際上，這時候日本軍部在上海實施戶口米戶口鹽的管制，物價已經上漲一千倍以上，張愛玲的姑姑每日去電台播報半小時的新聞，一個月可以拿幾萬塊錢。她自己則以稿費賺錢，為了〈連環套〉，還跟萬象的平老闆扯出「一千元灰鈿」的稿酬問題，如果每月登一篇稿子，可以拿一千元，那麼一月總要拚命寫好幾篇才夠得了生活，比起姑姑來說，爬格子要辛苦多了！以這種收入要常常出去飯館吃喝，恐怕不太可能，總得等到《傳奇》、《流言》大暢銷之後，才能因為書的版稅真正賺到一些錢。

炎櫻在〈浪子與善女人〉中寫道：「從前有許多瘋狂的事現在都不便做了。譬如說我們喜歡某個店的栗子粉蛋糕，一個店的奶油鬆餅，另一家的咖啡，就不能買了糕和餅帶到咖啡店去吃，因為要被認出，我們也不願人家想著我們是太古怪，或是這麼小氣地逃避稅捐，所以至多只能吃著蛋糕，幻想著餅和咖啡，然後吃著餅，回憶到蛋糕，做著咖啡的夢，最後一面啜著咖啡，一面冥想著糕與餅。」

這個總是開朗的炎櫻，即使在文章的形象也是離不開蛋糕、咖啡、奶油的。這篇張愛玲翻譯的散文發表於一九四五年七月，顯然開頭所說的「從前」，頂多也不過是兩三年以前（因為她們一九四一年下旬才從香港回到上海），戰爭越到末期，物資管理越緊，向人民收的稅捐也越多越雜，因為戰爭使得政府需要用的錢越來越多——不論是哪一種政府，日本軍部、汪偽政府還是後來的國民政府。

這些雜捐在戰後就延續著，而且還加上「娛樂稅」，意思是說，既

然你有餘錢去吃飯館跳舞，就表示你可以多為國家出些建設錢。一九四七年一月分的《新聞報》「本市新聞」裡，就針對娛樂稅和筵席捐的市參議會討論連續報導了好幾天。從新聞裡知道，當時稅捐的項目有娛樂稅、話劇稅、旅棧捐、筵席捐等等。

討論的焦點在於稅是不是要分等級徵收，如何分等的問題。例如筵席捐，菜館商人當然希望起徵點越高越好，如果看一場電影需要七千元，那麼一桌超過五千元的筵席就得徵稅，幾乎就等於無所不徵了。

一九四七年十月上麗都飯店吃一桌粵菜筵席，有一百二十萬、一百萬、八十萬三種價碼，麗都舞廳的茶舞每人二萬五千元，如果是晚餐舞（晚餐加上跳舞），每客是十二萬。這時候幣值已經較日軍佔領期

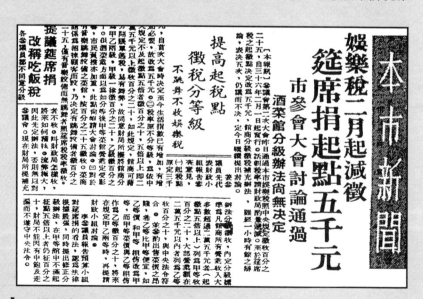

間又貶了將近十倍，所以這樣的價碼大約很普遍，因此有議員提議起徵點為十萬元。

菜館稅徵還分成甲等、乙等、丙等，徵收稅率各有不同，除此之外，設有跳舞場的酒菜館還要另徵娛樂稅，最高徵到百分之二十五。換言之，十萬元的筵席，要收到十二萬五千元，這種數目字算起來，有點在數日圓的感覺。

在討論中，當時為參議員的陶百川說了許多嚴肅卻有趣的話，雖然有點誇張，卻把上海人的習性說得十分透徹。對於分級徵稅的辦法，他認為：「分級有好處，鼓勵大家節省，到小館吃飯，即使吃到一百萬也收百分之十，負擔減輕，大飯館也不會沒有生意，因為世界上有人不願貪便宜，有人願多出錢，他們不是吃飯，是吃裝潢音樂名

廚，上海有的是要面子的闊人，應該要多出些錢。」

大家都是那麼需要錢，以致於錢變得越來越不值錢。

至於旅棧捐，對於當時上海的旅館業者也是一項痛苦的徵收，旅館業工人也已經有過幾次罷工，而且「每夜檢查旅客的有穿制服的，便衣的，種類多到六、七次，周而復始，旅客不能關門。有時旅客沽酒消閒，也受干擾，說：『要吃酒到王寶和。』使將來無人敢來上海作客。上海是通商大埠，就靠各地的人來往，只要使住者稍微心理上安逸一下，出捐是願意的，希望政府收稅同時顧到人民的痛苦。」

所謂旅客的「沽酒消閒」，大概和叫人陪酒免是不了的吧！「要吃酒到王寶和」聽起來像是一種會被抓起來偵訊的威脅，這種一夜多達六、七次的查房，當然和抓漢奸、抓左派顛覆分子，以及與共軍內戰都有莫大的干係。

在這樣混亂的世局下，難怪張愛玲要省吃儉用地接濟逃亡中的胡蘭成，為他擔透了心。

時裝表演

上海有四家著名的服飾百貨公司，在南京路浙江路口的先施公司大樓，落成於一九一五年，對面的永安公司晚三年之後開張，再過幾年就是新新公司、大新公司了，每年春夏秋冬四季都有服裝發表會，受邀登台表演的都是上海社交圈的中西名媛。

廣告裡的小字，還特別介紹英國名廠所出的最新絲綢花樣，由該廠特派專員來上海，獨出新裁製作各款新裝。又在二樓增設試衣精室，專聘名家接訂各種時裝「不論常服、禮

服、跳舞服、餐服，均能代為設計，中外色樣務求適體合意，足以表現各個性之曲線美為主，新而不異雅而不俗，最合大家閨秀身分，備有衣譜隨意選擇，工作精細交貨迅速，如蒙賜顧倒屣歡迎……」，百貨公司裡這樣的專裁製衣，不知道比之張幼儀所開的「雲裳」又如何？

常服禮服的分別就算了，「跳舞服」、「餐服」實在有些誇張，聽起來像維多利亞時代淑女們的需求。但是張愛玲在〈燼餘錄〉裡又真的寫了一個女同學的笑話，那個人什麼服都有，就是沒有戰爭時穿的衣服，租界上海裡的大家閨秀們大約都是這樣的。

每到春秋換季或是週年慶的時候，這幾家百貨公司就開始大減價，所有懂得購物的婦女都知道如何趁打折的時候選買衣料子，來年雖然有些花色過時，卻也還是佔了些便宜。各紡織廠出的綢緞，金鍛、銀鍛、錦緞、素色絲絨，五彩喬其絲絨、灑金旗袍料子、鴛鴦花邊、時新花樣鈕扣、花麻紗、月光紗、銀絲紗、新出品的藍色陰丹士

林布、最新印花軟緞、四股開斯米光絨線（毛線），想找什麼就有什麼，絕不因為打折減價就少了些樣子。

　　張愛玲的小說裡，常常見到打著絨線的女人，一九三七年八月，上海裕民毛絨線廠舉辦過「絨線編結品有獎競賽」，舉辦的動機當然是為了促銷絨線，規定要用本廠出品的絨線，參賽品樣式不拘，但得使用超過半磅以上的絨線，於上海市八仙喬青年會公開評審，獎額分成四等，超等兩名，各得現金國幣兩百萬元，特等三名，各得國幣現金一百萬元，優等五名，各得現金國幣五十萬元，上等十名，各得國幣現金二十五萬元。

　　張愛玲大概不會打絨線吧！但是夏末秋涼時，她喜歡在旗袍外面套一件絨線衫，一九五○年，當蘇青安分地穿上女式人民裝的時候，

七月，上海召開了第一屆文藝代表大會，張愛玲卻穿著旗袍，外面罩了有網眼的白絨線衫，在一片藍色灰色的人民裝裡，自然十分顯眼。

回到一九三〇年三月，張愛玲十歲，她的母親與姑姑都是當時上海留學生社交圈中有名的人物，不僅穿著打扮時髦，作風也新派，張愛玲筆下的幾篇小說中，〈五四遺事〉、〈紅玫瑰與白玫瑰〉裡那些喝過洋墨水的留學生，那些個風騷多情的女子，多少脫胎自母親姑姑那輩裡的某些人物。

這樣的母親和姑姑，當是經常帶她去看這種服裝表演會吧！在會中，她們應當是交頭接耳地，對著那些台上款步輕搖的服飾名媛指指點點，從衣料、款式、髮型甚至化妝都毫不容情地褒貶著，也許會後還一起逛逛百貨公司各樓層，選購些需要或不需要的用品。

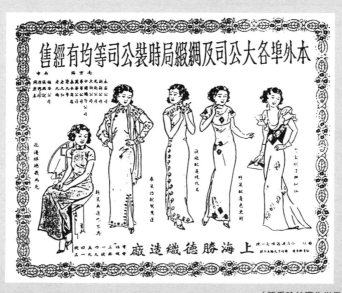

在租界裡的上海文化，不論時局如何，人們早已從華洋雜處的混亂中，自行理出一套歌舞昇平的韻律。沒有那個女子是不愛香水雪花膏新衣裳的，所以，從小耳濡目染的張愛玲，面對後母送她的兩箱嫁前衣會高興歡喜嗎？才怪呢！

華麗絲襪

　　一九三四年九月，還不過中秋，永安公司的皮貨部已經有時新皮貨上市，十六週年紀念大減價三十天，把各部門最便宜的折扣品全畫刊出來。

　　愛樂肥皂粉在伙食部大賤賣，大號裝每盒三角三分，玻璃部的捷克透明水晶五寸半糖果碗，每只只需四角。綢緞部有新品瑪琍縐，每尺才一元兩角半，比常時便宜了三分之一的價錢。疋頭部的時花絲錦綢旗袍料，原價十五元兩角，減價每八尺九元半，賣完為止，動作慢的人請自行調整速度。文房部有只真皮書箱，才一元五角，划算得「狠」，張愛玲的姑姑喜歡把「很」字寫成「狠」，不知怎麼的，每次看到這一段描述，總聯想到「狠狠殺價」。

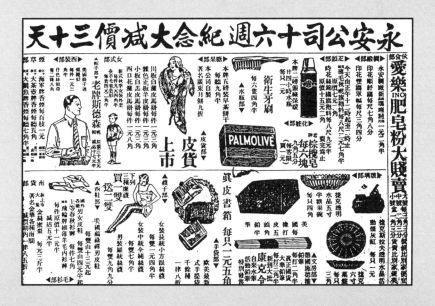

其餘化妝部、水瓶部、糖果部、女式部、帽子部、西裝部、菸草部、手袋部、西鞋部、毛衫部、南貨部，各有千秋。只不過還有一個襪子部會特別吸引女性的注意，下列三種廉襪買一雙送兩雙，女裝長筒小方跟絲襪，每雙一元四角半，女裝中筒全純絲襪，每雙七角半，男裝羅筒絲襪，每雙九角九分。

上海的小姐女士們很早就得學會穿絲襪，因為經常有穿著洋裝禮服宴會的機會，絲襪廣告也畫得特別漂亮，一九三幾年（張愛玲喜歡這麼稱呼那個時代），絲襪代表著高貴淑女的某種價值態度。

描述電影《儂本癡情》裡的顧蘭君，用絲襪結成繩子縛住紙盒吊下窗去買湯麵，張愛玲說那是心驚肉跳的奢侈。那篇散文在《天地》月刊刊出時，她已經二十二歲，再過將近一個月，就認識胡蘭成了。而一九三四年時，張愛玲才十四歲，她已經學著穿絲襪了嗎？肯定還沒有吧！但早已懂得看這許多吸引女性目光的廣告了！

更衣計

看到這則一九三四年一月的紅獅牌香菸廣告，忍不住想偷個張愛玲的文章名字來裝飾，這香菸據說是：「十年以來銷數與年俱進，品質始終優美。」一旁把美女們嵌在表格上，每一年的衣著變化就顯示在美女們的身上。

民國十三年是一位著襖衣褲的女子，那一年張愛玲四歲，與婚姻逐漸破裂的父母親生活在天津，上海的什麼流行跟她是八竿子打不著的。民國十八年，張愛玲九歲，父親早撐走了姨太太，舉家搬回上海等著母親姑姑回國，這時候由何干帶著的張愛玲，應該看到街道上許多裙長及腳踝，上著半袖絲綢衫的女子嗎？又過了兩年，等到旗袍袖長縮短了，袍長只及膝時，張愛玲的父母親正式由外國律師執行離婚，母親又出國了。

直到這張廣告刊登出來時，張愛玲的父親還沒有娶後母，不過快了，因為命運安排她十四歲時得與後母處得相當不愉快，一九三四年

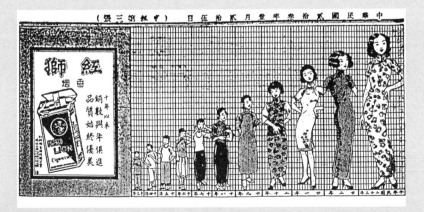

一月，她還沒過農曆年，算是十三歲尾吧！

　　張愛玲洋洋灑灑地把女子的變裝史寫成了文化宏觀的散文。裹在各式各樣衣著裡的女子，時髦的、閨秀的、溫柔的、撒潑的、小心眼的、精刮的，在大街上、報頭廣告、婦女雜誌照片上隨處可見。

　　一九四三年發表的〈更衣記〉就像衣著文明繁華到了頂點的彙總，接下來只能望下滑了。

女裝女色

一九四四年的冬天，一件全羊毛人字呢女大衣是兩千四百元，要更好的也有上萬的，現成的、不那麼講究衣料的就便宜些，長大衣也有的兩千或一千五就可以買到。

秋天的時候，蘇青到時裝店去做了一件黑呢大衣，試樣子的時候蘇青還要炎櫻幫忙看看。被詩人路易士形容為「風暴的藍」的炎櫻，自然是嘰嘰聒聒地一旁出主意，翻領要去掉，褶襇也不好，大口袋和墊肩都不適合蘇青，最後連成排的大釦子最好都改成暗釦。

炎櫻還寫了一篇〈女裝，女色〉專門討論時下上海流行的布料顏色和衣服款式，張愛玲則拿了舊被面，自己設計了衣服樣子，還會囤積喬其絨，兩人原本準備開一家服裝設計公司，專門按照上門顧客的身量氣質建議適合的衣料款式。在她們倆人中再加入一個蘇青，想像三人逛街閒晃在服飾百貨之間的樣子，應該是愜意又精刮的。

在蘇青做黑呢大衣的前後，張愛玲也拿著胡蘭成給的一筆錢，高高興興地去做了一件皮襖「樣式是她自出新裁，做得來很寬大，她心裡歡喜，因為是人都是丈夫給妻子錢用，她也要」，讀到《今生今世》裡的這一段，會不會有人甚至希望中日戰爭根本不要結束？——為了張愛玲的幸福，希望時局不要變得「更糟」，希望胡蘭成不要飛去武漢辦《大楚報》。

歷史不能倒轉，也沒有任何力量可以改變。一九三六年六月，時間只不過望後挪兩年，有個「江海關標得敵為物資大賤賣」的廣告「全新卡其服裝，每套只賣一萬四千元，緞背縐被面每件一萬二，洋菜

每斤一萬三，批發再折扣，西麗綢旗袍料每件六千元，長統墨皮靴每雙一萬五，辣醬油每瓶二千五，蕃茄醬每兩瓶一千，米醋每兩瓶一千，二十磅裝餅乾每箱六千……」

　　這個版面的下角還有個「囤貨出籠」的廣告「本外埠軍服店及各洋服店注意，大批來路貨，法蘭及白銅西裝被扣，廉價出售，每件一千五百元起一萬四千元止」，戰後各種「來路貨」的各種傾銷方法，到底是誰能夠標到海關查扣的物資，誰又能囤貨居奇就看商人們各顯神通了。

　　一向生意頂好的「雲裳」，以往很少在廣告上打出價碼，現在也都為了促銷掛出價牌，還請九大粵劇紅星名伶會串表演。價牌上的綢緞呢絨袍料和童裝大衣都有價錢，220、490、1450這些數字後面都是一個逗點加一橫槓，表示省略了「,000」，反正大家知道這年頭所有的

買賣都是千字起頭，三個〇用一橫檔表示也
都看得懂。就是時裝這一項，只強調不偷工
減料，不討價還價，卻仍然不肯標出價錢，
顯然「雲裳」還是有與眾不同的身段。

　　廣告上的地址是林森中路，在汪偽政府
時代被改成「泰山路」，是現在的「淮海中
路」，老上海的卻都知道那就是霞飛路，泰
山路上的雲裳，或是淮海中路上的雲裳，都
沒有「霞飛路上的雲裳」說起來順口。

　　將時序倒回一九三八年某個隆冬，張愛玲還沒有去香港讀書，某
天夜晚忽發奇想，與同年齡的三表姐邊呵著熱氣，邊逛滿是霓虹燈閃
爍著的霞飛路，走著走著，看到一個櫥窗裡木美人傾斜的臉，頂上戴
著傾斜的帽子，帽上斜插著一只羽毛，這兩個窮學生女孩大約都沒有
錢買洋裝，既不穿洋裝，當然不必買女帽，卻還是欣羨的「縮著脖
子，兩手插在袋裡，用鼻間與下頷指指點點，暖的呼吸在冷玻璃上噴
出淡白的花……」

　　當時霞飛路和靜安寺路是女子時裝店的集中區，在日軍進佔上海
租界後，霞飛路的店面大為減色，張愛玲記憶裡的霞飛路是時髦多采
姿的，卻也忍不住在那一段文字後面抱怨了一下。

　　那繁華美好的三〇年代啊！

2 · 生活篇

雖然中國還不夠強大到可以把租界收回，但是上海市政府已經可以和兩租界談建築越界馬路、收回美商上海電力公司越界供電的權利，實際說來，上海的租界與華界漸漸形成一種脣亡齒寒的關係，整個三〇年代位於心臟地帶的租界，不論工商業或進出口貿易的運作，都直接間接受到華界的影響。

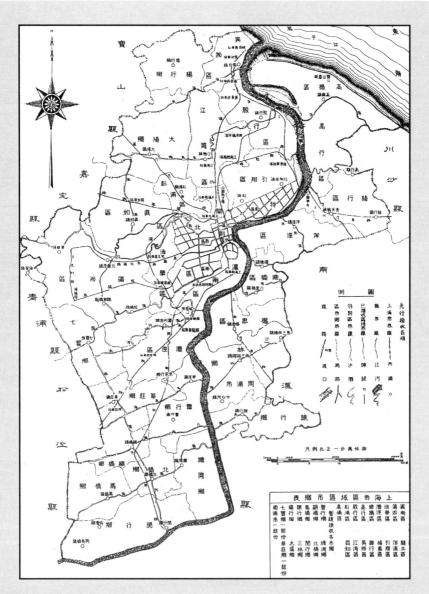

大上海在哪裡？

前言

隨便到一家大書店，找旅遊地圖區買一張上海市全圖，保證一攤開就眼花撩亂，完全不知道該從哪裡看起，也忘了自己要找的是哪條路哪條街，現在上海市的行政規劃，就算是因為即將準備大專聯考而熟讀中國地理的台灣學生，也會覺得完全陌生。

大上海本身是「市」，裡面卻包括一個中心區域的上海市，從東邊開始逆時鐘包圍著浦東新區、寶山區、嘉定區、閔行區、南匯區，離「小的」上海市更遠一點的下方，有青浦縣、松山區、金山區、奉賢縣，上方還包括在長江口的崇明島（縣）與屬於寶山縣的橫沙島及長興島。

現在的大上海市裡擁有區、市、縣三種行政區，「小的」上海市裡，再有分區：楊浦區、虹口區、閘北區、黃浦區、南市區、滬灣區、徐匯區、長寧區、普陀區，各區有各區的區政府。而除了上海市之外的其他區、縣裡，最大的次級行政單位就是「鎮」了，不再有「區」。

光是從「小」上海市裡的區名看，老上海的，大概就已經覺得十分熟悉了。如果拿三〇年代的上海市行政區域圖比對，以黃浦江河道的彎曲線作為重疊的標準線，南方只到閔行區黃浦江北岸、北方不包括長江上的幾個島，東邊只跨過黃浦江一些，是現在浦東區

的三分之一強，西邊只佔過現在寶山嘉定的一小部分，至於青浦、松山、金山、奉賢、南匯是根本還沒有的。而當年最熱鬧的華界南市與公共租界、法租界，就包含在現在的「小」上海市裡。

其實在清末開埠時，「上海」並不是一個完整的「市」，而是一個「區域」，行政長官被稱為「上海道台」。直到上海正式成為「市」以前，除了租界穩定的工部局治權外，被租界橫隔成閘北與南市的兩華界也各有行政單位，但因為中國政局不穩定，不僅公共設施像馬路的開拓、消防設備的增添等等都沒辦法做好，連居民的稅捐的納收款辦法都常有變動。在最混亂的時候，全靠商人士紳的力量維持地方秩序，尤其是寧波商人，在閘北先後開闢馬路數十條。

一九二七年國民政府設上海特別市，直接隸屬於行政院。為了把被租界橫亙的上海連接起來，按照孫中山先生過世前已底定的「大上海計劃」，規劃整個上海的行政區域，把兩租界包圍在大上海裡面，新的市區中心跨當時的江灣、殷行、引翔三區（就是現在的江灣五角場地區），這個新市區中心的設計有政治行政區域、商業區域、住宅區域，並且有蜘蛛網輻射式的馬路。

劃定完善的工業區，將工廠和火油池集中在一個特定區域，全市的道路系統、商港碼頭的建造都在這個大計劃裡，但是在市政府新大樓未完成前，市政府仍舊在租界下方的滬南區裡（今天的南市區、滬灣區、徐匯區），直到一九三三年十月十日新大樓完成，市

政府的行政辦公才從南往北移。

近代中國就像一塊肉餅，來到上海的各國洋人都想把租界變得更大，所有的租界建設都是為了賺更多錢回去，只要中國動亂得越厲害，洋人賺錢的機會就越多，在上海特別市政府成立前，就連土地買賣也可以不用照會中國政府，因為沒有特定的對口官員。

當大上海計劃逐步實施時，兩租界工部局就逐漸感受到壓力，雖然中國還不夠強大到可以把租界收回，但是上海市政府已經可以和兩租界談建築越界馬路、收回美商上海電力公司越界供電的權利，英商上海電話公司也被迫必須與隸屬上海市政府的上海電話局合作越界電話與國內長途電話的連線，甚至上海市政府要求兩租界當局合力杜絕鴉片、嗎啡的吸毒販賣時，不管是不是表面功夫，兩租界工部局都不能完全置之不理。

實際說來，上海的租界與華界漸漸形成一種唇亡齒寒的關係，整個三〇年代位於心臟地帶的租界，不論工商業或進出口貿易的運作，都直接間接受到華界的影響。

大上海計劃從一九二九年開始實施，中間經過兩次戰爭的大破壞，一次是一九三二年的一二八事變，另一次就是一九三七年的八一三淞滬戰役。兩次禍首都是日軍，第一次延遲了市政府新大樓的完成，許多工廠被炸毀，重創了上海市許多才剛萌芽的工業，但是沒有真正破壞成功，三四年時間，華商又完全站起來了。第二次軍隊卻直接從吳淞口進來，拿下上海市政府，把還有萬國商團軍力維

持的租界團團包住。

　　把租界上海變成孤島的淞滬戰役，也同時造成十七歲的張愛玲最大的生命轉折，因為炮火聲太響，敏感的她在靠近蘇州河的老房子裡睡不著，才會惹出後來被父親毒打的事端。中國現代化指標的上海，被日本人斬斷了正常快速發展的生機，法西斯威權替代了百業競爭的商業文明，從香港回到上海的張愛玲在文章裡抱怨著，霞飛路已經不完全是她熟悉的樣子。

　　從巨觀的歷史時空俯瞰個人渺小的生命，似乎什麼都能夠灰飛湮滅。卻這裡一塊、那裡一角地，隱隱約約，整個大上海的輪廓，就呈現在張愛玲個人渺小的生命記憶中，痕印在她那些作品的字裡行間。

在歷史的地圖上

在古代，上海只是海濱的一個小漁村，被稱為滬瀆，「滬」是一種漁具，對應著「上海」，還有個「下海」，在一二八〇年元世祖的時代是沒有人注意的處女地。租界時代的愛多亞路（此路後來三易其名，汪偽政府時代改為大上海路，戰後國民政府改為中正路，現為延安路）以北，蘇州河以南，這一段所謂的公共租界地，在當時還只不過是一大片泥灘，僅有幾間茅屋，一兩條河濱和幾條木橋縱橫在水澤地之間。

從一八四五年正式簽訂租界，到一九四五年二次世界大戰結束，在一百年之間開出繁華至極的商業文明，光是以整個大上海馬路縱橫交錯的地圖看，就知道人們工作忙碌的程度。

張愛玲喜愛的《海上花》，著作出版的年代在十九世紀末，其中就

出現了東洋車（就是黃包車）、皮篷車、鋼絲轎車、轎車、馬車等等好幾種，所謂的「轎車」不知何所指？在第九回的開頭就是，羅子富和黃翠鳳的一輛馬車馳至大馬路（今南京東路）斜角轉彎，「道遇一輛轎車駛過」，裡面是王蓮生和張蕙貞，那轎車「加緊一鞭」，爭先過了橋。這時候的王蓮生是背著老相好的長三沈小紅，與么二張蕙貞出門，所以後面的情節就有沈小紅翻了醋罈子，拳打張蕙貞的場面。

　　既然有「加緊一鞭」，應該還是馬車的一種，而且《海上花》作者逝於一八九四年，同年此書出單行本，那麼，當時上海也還沒有人見過汽車吧！

　　實際上，當時上海的馬車有許多種，除了東洋車之外的幾種車都是馬車，只是馬有雙馬、單馬的分別，車有雙輪、四輪之差，樣式上

有像轎子的車箱，稱為轎車，有皮篷罩子的，稱為皮篷車。還有一種是橡皮鋼絲輪小馬車，可以自己扣韁，最稱時髦摩登，但這是否就是「鋼絲轎車」就不得而知了。

馬車上的設備非常考究，玻璃車窗，紅呢綠呢窗簾，白銅痰盂、光潔的鏡子，冬天座上鋪有狐皮褥墊，馬車夫的服裝也是特製的整齊制服。在馬車最盛行的時期，上海街上出現許多出租馬車的車房。

張愛玲翻譯的《海上花》十分好讀，注解又有趣，但是注解中提到的車種只有東洋車，並沒有一條解釋到「轎車」，大概對她而言，那是很自然就能分別的，毫無疑問。比張愛玲的父親早出生將近二十年的鴛蝴派作家包天笑，在二十世紀初到上海時，電車已經在街上規律地叮噹來回，每日有固定的火車時刻在蘇州上海之間通行。在上海的天光裡，那輛電車的聲響，也是後來張愛玲每晚入睡前安穩地聽著的聲音。

直到一九〇三年，一個匈牙利人從歐洲引進兩輛「汽車」，也就是現在說的「私家轎車」，很快的，汽車便成為富裕、新潮的標誌。在汽車、電車取代馬車之後的時代，老上海仍有好幾種交通工具並行：只用木板子載人貨的人力拉車（當時上海人稱小車）、黃包車和座位較寬的三輪車，價錢都很便宜。要坐之前得先講好價，一個定點到很遠的另一個定點，頂多只一、兩角錢，連看場電影都不夠，是一般市民日常生活所需，一九三〇年二月還有一次奇怪的展覽，是針對黃包車所作的廣告展。

氣派點的，雖然家裡沒有汽車、司機，卻可以叫輛出租車，出租馬車的車房消失了，卻出現許多出租汽車公司，環球汽車公司和雲飛汽車公司在各路口都有招呼站。每二十分鐘洋一元起跳，每一句鐘（一小時）洋三元，如果買代價券，每本值得十一元，但只售十元，比較划算。

一九三○年十二月的這個價碼是調整過的，同年六月報上刊過一則上海華洋出租汽車聯合會的漲價聲明，大號汽車起碼（起跳）洋二元，一小時為洋五元，小號汽車（轎車）起碼洋一元五角，每小時洋四元，是八十九家出租汽車的聯合聲明。是因為競爭過於激烈，還是由於全世界的石油漲跌關係而調價，不得而知，但是由此可見，當時上海的物價，應是完完全全的商業機制反映。

會有這麼多出租車公司，當然是因為汽車的普及與需求量大。不過，顯然雲飛汽車是當時規模最大的，一共有八個站，也在聲明中排第一。看那張地圖畫得多好，上海縣城只是大上海的一小塊，而且在不是租界的南市裡頭。

最主要的公館馬路、霞飛路、南京路、靜安寺路貫穿法租界和英美租界，東百老匯路站（現在的東大名路）、仁記路站（今四川路、南京路口附近）、愛多亞路站（今延安東路、中山東路口附近）、環龍路總站（在今瑞金路、重慶南路中間）、靜安寺路站（在今靜安公園附近）、大西路站（在今延安西路還沒過滬杭鐵路），還有一個寧紹碼頭站不在地圖上。上海縣城裡只有新北門一站，南市裡根本沒有站，但可以叫

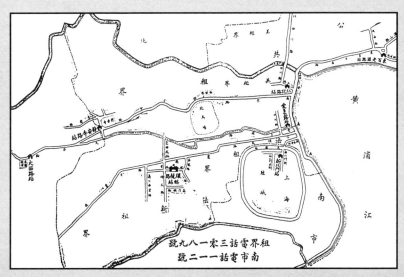

車。

南市裡的叫車電話是112號，只有三碼，租界裡的叫車電話卻是30189號，有五碼，顯見至遲到一九三〇年五月有電話的戶數，在租界裡已經增加到五位數，因為商業的蓬勃還在與日俱增，「電話十線，隨打隨通，汽車百輛，隨叫隨到。」出租車的需要量真的非常大。

看看上海公共租界工部局年報裡，一九三四年被救護車所救護的人受傷的各種原因中，在街道上發生的意外事件非常多。被汽車所傷的有七百七十八人，人數最多；其次是被電車所傷，共九十八人；再次是被自行車（就是腳踏車）所傷，共九十四人；第四高為手推車所傷，有八十三人；從正在行動中的車輛上跌下的有四十二人（還滿多的！有可能車子顛簸搖晃得太厲害）；無故跌在街道上的有七十三人

（更多了！）；因汽車相撞而受傷有十七起；從街道無故跌入河濱內的有十二人（怎麼回事!?）；被馬車所傷的只有三人。可見當時街道上各種川流不息的車輛中，馬車雖然已經很不常見，仍是有的，因為工部局所發的馬車行執照仍有二十八家，但汽車卻已經多到可以車禍頻仍的地步。

　　在老上海租界裡的生活，就是這麼方便到馬路已經是需要小心注意的「虎口」了。不過，租界裡的有錢人家大都有自用車和司機，所有的家人子女都由專用司機接送，就像張愛玲的父親，玩車都玩成了行家。

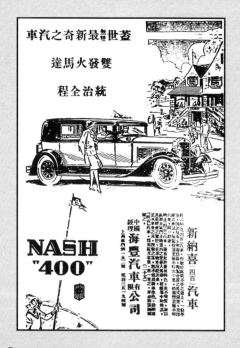

銀錢的價值

　　張愛玲的父親到底從什麼時候開始玩汽車？第一個判斷當然是分家後，他們全家搬到天津時。那時張愛玲兩歲，張子靜一歲，什麼事也不懂。但是看看張愛玲對於天津的記憶，似乎沒有汽車的部分。所以那時就算已經買了汽車，也只是實用的代步工具，恐怕是回到五光十色的上海之後，父親才開始真正的沉迷於汽車這種大玩具。

　　世界上第一輛以機械為動力的車輛，由一個法國人發明於一七七〇年左右，那是一輛蒸汽三輪車，再過六十幾年，英國便有了蒸汽公共汽車，還有像個小型火車頭的蒸汽客車，可以一次載運好幾個人。十九世紀末到二十世紀初，在中國被列強侵略得落花流水的當兒，正是歐美各國機械文明突飛猛進的時候，汽車從一馬力、每小時五、六公里，到一百二十馬力的賽車，改良的速度越來越快。

　　從一九二八年開始直到三〇年代，張愛玲的父親看到的汽車樣式，應該是五花八門又新潮時髦的，美國通用的新雪佛蘭（CHEVROLET）、新別克（BUICK），龍飛汽車代理的歐斯康（ERSKINE）、司帝倍克總理號（STUDEBAKER），福特公

司的新式福特汽車，法國車雪鐵龍（CITROEN），馬律斯（MORIS）、奧奔（AUBRN）汽車，英國車史丹達（STANDARD），克萊斯勒跑車、新納喜（NASH）、麥門（MARMON）汽車、林肯賽車、道奇（DODGE）汽車等等，隨口都可舉出十數種車名。

從兩缸、四缸到六缸、八缸，甚至到十二缸的林肯賽車，一般車速則從十幾英哩到五、六十英哩到一百二十英哩，一英哩大約一公里半，這樣算起來，當時的車速已經十分快了。而且在短短一、兩年之內，每加侖汽油可跑的哩數不斷增加，每加侖汽油大約是洋六、七角，可跑的哩數增加，自然也越省油錢。

玩車行家除了注意引擎多少馬力、速度、排檔、耐用性等機械體的不斷革新之外，最主要還必須車型美麗、座位舒適，好車子的價錢，從一千多兩銀子到兩、三千兩都有，在租界中購買這種大的進口奢侈物，多用銀兩或銀元來算，或是換算成美金支付也可以。

清末以來，中國貨幣呈現多元化的發展，貨幣的種類多而複雜，有銀兩、制錢、銀錢票、銀元、銅元、銀行發行的銀元票、銅元票、銀兩票、制錢票，上海還有國家銀行、地方銀行和外國銀行所發行的紙幣，最穩定的當然還是銀兩、洋元、英鎊和美金。

光是西洋銀元在中國的流通，就有多變的歷史。西班牙銀元在明萬曆年間流入中國，是西班牙查理王一世佔領南美洲之後所鑄造的，重量402.5釐（grain troy），銀元直徑1.56寸，一面是西班牙國王的肖像，另一面是兩根柱子中夾著王冠和王室徽章，被上海人稱為「本洋」

或「雙柱番餅」，但是到了光緒年間已經不流通了。

二十世紀初在上海流通的另一種外國洋錢是墨西哥銀元，是墨西哥脫離西班牙獨立後鑄造的，重量為416釐，背面鐫刻著「自由帽」，帽緣四周有光芒三十二線，下面是幣值製造廠的標記和發行年分，正面是一隻飛鷹，勇猛地叼著仍掙扎著的蛇，也是墨西哥的國徽，上海人因此稱為「鷹洋」。一九一九年以前，上海各外國銀行發行的紙幣，都以這種銀元作兌換的準備，當年六月，鷹洋與袁大頭的兌換市價為一比一，但其他各省軍閥自鑄的銀元成色較不足，所以一般錢莊和菸兌業收到銀元，多半送到銀爐去，乾脆也把鷹洋化成銀兩，因此後來連鷹洋也逐漸消失了。民國初年，袁世凱鑄造的銀元因為成色不錯，用純銀百分之八十九銅百分之十一，到了民國十幾年，「袁大頭」流通於市面上已有三萬萬餘枚，與日本銀元同樣成為市場上流通的錢幣，日元因為幣面有蟠龍花樣，所以被稱為「龍洋」，又稱「龍番」。

所謂的「銀爐」，是因應從各地來到上海的各種銀錢流通而出現的行業。不論商業交易中，收付的是銀條，還是成色不足的銀元寶、小洋、大洋，由錢業或銀行委託銀爐將各種銀鎔鑄成上海的大條銀或上海元寶，在「廢兩改元」實施之前，上海還有銀爐公會，銀爐業者共有二十二家，多半集中在北京路上（清末稱為領事館路，一九四五年改稱北京東路，沿用至今）。

一九三○年世界經濟大恐慌的時候，大約一百洋元波動於七十到七十五銀兩之間，一九三三年國民政府實施「廢兩改元」，民間的銀

元、銀兩元寶，以規元七錢一分五釐合國幣一銀元，逐漸被蒐集，市面流通時，只能以銀兩向銀行兌換銀元，不得再以銀元兌回銀兩，徹底實施「銀本位幣制條例」，由中央造幣廠代鑄銀幣，除了國幣銀元之外，其他的洋銀也都不能流通了。一九三五年十一月四日，開始的法幣流通，上海報紙稱為「國幣」，當時法幣與美元比大約為4：1，還算穩定。

但是到了一九三六年，美國制定「白銀採購法案」之後，政府指定中央銀行、中國銀行、交通銀行、中國農民銀行等幾個銀行發行紙幣，趁世界白銀價格高昂的時候，將國內白銀逐漸運出，換成黃金或外幣，存於紐約與倫敦，作為法幣準備金，以為穩定外匯的重要手段。一九三八年財政部長孔祥熙出席英皇加冕典禮時，在倫敦接見記者，發表談話，提到中國紙幣在國外的準備金，在美國約有美金一萬二千萬元存於紐約，又約有兩千五百萬鎊在倫敦，為後來國幣發行數額的六分之一。然而中國白銀大量外流的結果，造成最後必須放棄銀本位貨幣制，再加上戰爭，上海通貨膨脹得厲害，國幣的紙幣又不值錢了。

哪種錢比較值錢？哪種錢又比較不值錢？經歷那麼多混亂與戰爭的中國人，尤其中國女性，像是一種天性，自然而然就知道該怎麼分辨，怎麼偷偷地，把各種洋錢整齊地放在沒有任何人知道的櫥櫃深處。

張愛玲筆下從曹七巧到《怨女》裡的銀娣不都是這樣的麼！時局

一天比一天壞，可在那一大家族分了之後，姚老三總知道這個對他有意思的寡二嫂有錢，第一回借錢，就討價還價地從八百元殺到五百元。她拿了鑰匙開櫥門，一面炫耀地讓她娘家嫂子知道，她的錢是她的，愛給誰就給誰，「床頭一疊朱漆浮雕金龍牛皮箱，都套著藍布棉套子，她解開一排藍布鈕釦，開上面一隻箱子，每隻角上塞著高高一疊銀皮紙包的洋錢，壓箱底的，金銀可以鎮壓邪氣，防五鬼搬運術。一包包的洋錢太重，她在自己口袋裡托著，不然把口袋都墜破了。……」

不僅僅張愛玲從家族長輩那裡聽來的八卦故事裡，有這些叮噹響的銀錢，就是現在台灣七十歲以上的人，說到大頭小頭袁頭孫頭，都還深刻得很。一九四九年前後，從大陸來到台灣的婦女，在身上、衣服裡、箱子角，多多少少都縫著藏著一些不讓丈夫知道，就是遇到小偷強盜也搜不出來的銀元。這些銀錢從一上岸就得開始換著用，因為這裡用的是新台幣，銀元是不流通的，但是值錢，一塊銀元可以換四元新台幣，那時候一個低等公務員的薪水一月才新台幣八十元，米一斗八元，一錢金子二十元，主婦坐個三輪車則以一角錢兩角錢計算。

機械發明突飛猛進的二十世紀前葉，汽車飛馳的速度與時間、金錢成正比，張子靜說，他父親在一九四〇年買的最後一部車，車款是八千美元，那時法幣的幣值已經貶得更厲害了，三〇年左右汽車廣告上還用的銀兩標價也早不流通了，租界裡似乎只有外國錢才真正有錢的價值。張愛玲的姑姑在與哥哥分家之後，也有一陣子十分風光地買

了汽車，還僱用白俄司機，被張愛玲很得意地寫在散文中。

世界上第一輛裝有空氣調節的車子，由美國人於一九二七到二九之間開發出來，是利用過濾器簡單地調節車內的空氣，直到四○年左右，才有人把機械冷凍裝置裝到公共汽車上。所以一九三幾年炎熱的夏天，張愛玲坐在姑姑的車子裡，也許仍須把所有的車窗搖下來，以便車內通風，皮膚也比較不會因為靠在柔軟的坐墊上而發黏。

她把臉貼在窗緣上，風呼嘯過耳旁，眼前飛過的上海街景，早已和她八歲時候看到的大大不同，如果在夜裡，整條街道就要因為五彩霓虹閃亮亮著。

當時的上海是個可以不必護照就能落地的自由港，那些霓虹燈

裡，各國人種都有，俄國因為發生紅色革命，流落到此地的白俄自然很多，餐廳、舞廳、咖啡座，甚至電影院要找服務生，很容易就能夠僱用到白俄女郎，或是白俄樂師、廚師，司機就更不用說了。

張愛玲的鋼琴教師也是個白俄女人，而且是個手藝很好的女人，很會做果戈里的《死靈魂》裡出現的許多俄國點心，以至於張愛玲到了中晚年，還會想念起那只因為賭氣而沒有吃到的俄國包子。

西湖

　　在〈對照記〉中有兩張她母親在西湖賞梅的照片，還有一張是九溪十八澗上姊弟倆的照片，除此之外，張愛玲沒有留下與母親同遊其他地方的隻字片語。與母親姑姑還有兩位表伯母同遊西湖，那應該是在二九年左右的事吧！可是從上海到西湖，她們應該會搭乘什麼交通工具？

　　一九二九年十月，第一輛汽車從上海到杭州的長途行駛成功，海豐汽車為代理的納喜車大做廣告，其他汽車公司的各類車，如貨運汽車、長途汽車、可爬山路的汽車、雙層巴士，都在這時候引進上海。搭乘滬杭鐵路到杭州，再轉乘汽車到各遊覽點，一時之間，旅遊成了極方便的事，杭州的景點又特別多，一時之間成了最靠近上海的熱門旅遊勝地。

　　「西湖博覽會」這個組織不知道正式成立於何時？但似乎與政府的關係十分好，一九二九年九月的廣告詞開頭就是：「自開幕以來，承

各級黨部，各省市政府，及各界協助，陸續運到各項陳列品。」還經政府准許發行特種長期有獎遊券，購買者除了可以憑券參觀各地會館，免費乘坐公路局在杭州市範圍內各段公共汽車之外，還有機會得到十萬元大獎。

這個會的會館似乎就是一個小型歷史文物博物館，而且頗有規劃，在西湖各景點都有會館，有博覽會章程、會徽、會歌、各會館統一的門票，並發行長期有獎旅遊券，像一個大型的旅遊機構。從二九年到四一年上海完全淪陷之前的幾年間，西湖博覽會都常在報上打廣告。甚至西湖百景的攝影與介紹文字還在中華書局出版，書名為《西湖博覽會指南》，以銅板紙彩色印刷布面精裝，每本訂價兩元大洋，編者就是當時替中華書局編出一套兩百萬字《中華百科全書》的舒新城。

中國國內旅遊指南是從這本書開始的嗎？在戰亂頻仍的中國，真正需要這種精裝本旅遊指南的人，應該是當時的有錢有閒階層，而這種人在上海租界裡最多。到了一九三八年中秋節，大概對於西湖風景有興趣的人相當多，在法租界海格路（今華山路）的西湖博覽會館乾脆做個大手筆，強調把西湖的景致搬到上海來，讓上海市民可以「一腳到西湖」、「規模之大，令人驚駭／舉凡一切名勝，杭州有，此地也有」、「靈隱寺大雄寶殿，此杭州靈隱寺原有大殿，只縮三分之一，如此浩大，實堪大吃一驚」，參觀門票只須大洋五角，兒童還半價。

會館所在佔地相當大，人們可以享受「三潭印月」、「平湖秋月吃

耦粉，天香樓上嚐醋魚，九溪茶場品香茗」，如果游湖，湖上「嘉興船娘，個個俏麗」、「五毛大洋遊西湖，保證不刨黃瓜兒，最理想之人間天堂」……看起來真是個中秋節的好去處，又不用大老遠坐火車去杭州賞月。

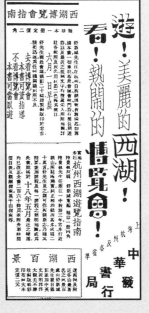

張愛玲的母親與姑姑回國後，應當剛好是遇到西湖旅遊的熱潮。以她們遊遍各國的旅行經驗，這種純粹的國內旅遊大概還是第一次吧！張愛玲的母親遍遊歐洲各地，後來在英國去世，她的離鄉背井自主的成分多。但是張愛玲自己，除了幼年舉家遷移到天津之外，第一次到香港是因為戰爭，無法到倫敦讀書，所以進入港大；回上海後，第一次離開到溫州，是為了尋找逃亡中丈夫；第二次到香港，卻是被迫離開姑姑和她從小生長的土地，在那裡舉目無親，為了找工作，抱著希望到日本投靠炎櫻，卻又沒有結果地回香港。

張愛玲每一次的離鄉背景多是不得已，是時代的無情。她和她母親的性情是那麼不同，選擇度過後半生的國度也迥異，西湖，卻是她們各自漂泊的人生，唯一共同的旅人記憶。

發財

　　不知怎麼的，看到廣告上那幾個手上拿著錢，咧大了嘴笑著的老男人，就令人想起張愛玲的〈多少恨〉裡，家茵的那個無賴老父。

　　這種獎券在一九三三年左右發行，全名稱為「國民政府航空公路建設獎券」，每張十元，可以買全張也可以分條購買，剛開始時獎額高達五十萬元，後來改為頭獎二十五萬元，另有其他較小獎項。

　　既名「國民政府航空公路建設」，自然性質和現在台灣的彩券有同樣增加國庫資源的效果。民國初年，全國公路的建設一向由「鐵道部」管轄，但實際上軍閥割據的結果，其實是各省各自為政，各省之間少有公路相接，因此在物產交通上十分不方便。直到北伐後全國統一，一九三二年成立全國經濟委員會，全國公路建設才移交經委會管理。

　　當時先就江蘇、浙江、安徽三省，督造京杭、滬杭、京蕪（蕪湖）、蘇嘉、宜長、杭霞六線，定名為「蘇浙皖三省聯絡公路」，並且仿照當時世界各國中央貸款築路的辦法，籌定「築路旋還基金」一百萬，成立「三省道路專門委員會」。隨著每年增加公路連接的計劃逐漸

擴展，委員會名稱從「三省」改成「七省」，後來乾脆改為「公路委員會」，直到一九三四、三五年之間，全中國的公路聯絡建設分為三大系統：一為蘇、浙、皖、贛、鄂、湘、豫、閩八省公路，其二為西北省分公路，其三為西南省分公路。

這種獎券既由「大運公司」發行管理，除了門市部之外，還有函購部，只要附加郵票一角三分，不住在上海本埠的人也可以買。這個「大運公司」的全名是「江浙皖贛鄂川六省總經理大運公司」，應該和「公路委員會」有很密切的關聯。

國家建設沒有錢是造不起來的，小市民的生活更是和錢扯不清了。這種每個月初某天下午兩點鐘開獎的獎券，給了許多人發財的夢想。其實在清末的上海，早有類似的彩票，光緒二年葛元煦所記的《上海繁昌錄》中就有所謂的「發財票」、「白鴿票」。

白鴿票是剛開埠時廣東人發明的，以千字文中的八十個字印在小票上面做根據，先密封其中二十字懸掛在店樑上，願意出銀三分的

人，可以隨意點小票上的十個字，這十字中，如果能與所封二十字中的五個字以上相同者，就是中彩了，如果所點的十個字全都相合，那是中了彩銀百兩。不過，這些彩票引起了熾盛的賭風，後來被地方官飭令禁止。

　　且不論私生活如何奢靡，中國官員向來就認為娼賭是一體兩面的敗壞社會善良風俗；政府會自行印彩券，復又在報上大登廣告的，也只有到了民國以後才發生的現象。張愛玲小說裡那些無所事事，鎮日遊手好閒得幾近無賴的遺老遺少們，看了這種廣告，也會想去買個全張或分條碰碰運氣麼？

銀行之所在

「一學會了『拜金主義』這個名詞，我就堅持我是拜金主義者。／我喜歡錢，……不知道錢的壞處，只知道錢的好處。」張愛玲在〈童言無忌〉裡專門闢了一節説錢，而且大方地承認她是拘拘束束地、有苦有樂地用錢過日子的「小資產階級」。

只要再看看報頭上的銀行廣告，就知道多半的上海人都是張愛玲這樣的「小資產階級」。

「要使得子女優秀，第一要解決學費問題，本行的『教育基金存款』，可使子女及時升學，修完專門教育，成為傑出人才。」這個金城銀行，在當時的江西中路、福州路口，也就是今日交通銀行上海分行所在。這種的廣告的意思是説，只要信任他們銀行，付學費就成了很輕鬆的事，領薪水過日子，又要養孩子的人大概會很心動吧！

金城銀行開辦於民國六年，有北洋系統要人支持，總行原本在天津，是華北金融集團，在二〇年初因為業務蒸蒸日上，金城銀行於是在江西路（今江西中路）購地建大廈。到了一九三四年在舊址擴大興建辦公大樓，隔年落成，總行即由天津遷到上海。新大樓是仿文藝復興時期風格建築，正門兩側行成對稱，仿古典主義的門窗設計，華麗而典雅。金城銀行與總行在北京的鹽業銀行、總行在天津的大陸銀行以及總行在上海的中南銀行於一九二三年組織四行儲蓄會，影響力頗大，他們設在蘇州河北西藏路橋西的信託部滬分部倉庫，就是後來在淞滬戰役中，八百壯士死守四行倉庫的故事發生地點。

上海最久最有公信力的儲蓄會，是一九一二年法商所創辦的「萬

國儲蓄會」，會員入會辦法，全會為每月繳納洋十二元，半會為每月六元，四分會每月納洋三元，須得連續儲蓄二十年，到期時公司一次償還本金、利息和紅利，但是中途不得提領儲蓄金，如果中途停繳，可以轉讓會員會籍給他人，由接手人付給之前的金額，中途有急用的人，如果沒有接手人，也只好以較低的價錢轉讓會員資格。

這種儲蓄會最吸引人的地方，並不是期待二十年之後巨大的利息與紅利，而是每個月，公司都會提撥儲蓄金中的百分之二十五，公開抽獎，只要是會員，都有機會獲得巨額獎金，例如：一九二五年十二月的特獎，可得洋兩萬八千三百餘元，頭獎有二十八人，每人可得洋兩千元，就是最小的獎，也可得十幾二十元，而且獎項多，中獎雖不

是很容易，但也不是相當難。

到了一九三四年，這個儲蓄會已經擁有十幾萬的會員，儲蓄金額相當龐大，公司本身擁有大量的各種有價證券及抵押品，如上海、漢口及天津租界英法工部局的債票，自來水公司、地產公司、自來火公司、船公司、飯店、跑馬會、商會水泥公司等等，都是外商公司的債票，所以萬國儲蓄會的會員根本不相信這個儲蓄會是不可靠的。

四行儲蓄會就是在這種利潤刺激下產生的。上海人計算金錢是精刮的，沒有錢，什麼事都做不成，銀行、錢業是跟著上海商埠成正比成長的。

同樣的一九二三年，六月，匯豐銀行的新希臘式大樓落成，從落成典禮當時匯豐銀行總董事的歡迎詞中，可以看出外商銀行如何看準了中國這條大肥魚，而上海正是魚嘴最容易上鉤的柔軟前顎：「本行所以不惜鉅資造此華廈，實因深信中國將來甚有希望，其商務必發達致無可限量，今日中國政治及社會情形，雖多可悲，致受外人之干涉……倘致必須時，則外國雖以武力為後盾，亦無不可，蓋非此不足以恢復中國秩序之安全，且此乃大多數受害之中國人所歡迎，敝人深信今日可憾之情形，為各國可以救濟。……」

在張愛玲十幾歲的時候，上海已經是全球僅次於紐約、倫敦的第三大金融市場，如果從黃浦江的此岸往外灘的彼岸望去，亞細亞火油公司、中國通商銀行、輪船招商總局、匯豐銀行、交通銀行、中央銀行、字林西報社、麥加利銀行、沙遜大廈（今之和平飯店）、中國銀

行、橫濱正金銀行、揚子保險公司、怡和洋行、英國領事館、俄國領事館、德國領事館、美國領事館、日本領事館等等，那二、三十幢偉岸的建築中，就有八家著名的中外銀行。

匯豐銀行那位總董的歡迎詞，在外國人看來是理所當然了，但是租界裡的華人呢？或是在《申報》、《新聞報》上讀到的上海人呢？他們就是其中所說的「大多數受害之中國人」中的一部分，他們讀來，大概總是啼笑皆非，或一笑置之吧！

儘管如此，上海市民大約在十九世紀末葉就懂得購買「洋股」，賺取證券交易的利差，華資的上海機器織布局、輪船招商局成立後，也正式發行股票，一八九四年清政府發行公債之後，就有專門經營證券交易的華商出現，那時外灘已經是外國銀行、洋行商號林立。直到一九三四、三五年，光是黃埔灘路、九江路、北京路、寧波路、天津路、河南路這六條被稱為上海華爾街的路上，金融機關就有一百八十餘家，全上海包括銀行、銀公司、信託公司、儲蓄會、證券交易所、錢莊、匯劃莊、銀號、銀爐，總共不過三百家左右，這幾條路上就佔了五分之三。

這些銀行為了爭取資金，除了透過各種業務管道找大金主，也經常在報上打廣告，一九三〇年四月的上海商業儲蓄銀行廣告，就是鼓勵大家來存款，「本行所辦之（整存整取），手續省便、利息優厚，諸君只須整存一次，即可增長個人之富力，例如，一次整存洋三千七百六十八元八角九分，十年到期可得洋壹萬元之整款」，這種算到「分」

的十年定期，如果以上海三〇年代末到四〇年四月的物價波動來看，絕對不划算。但是比起二十年的儲蓄會呢？看起來卻有另一種吸引力。

除了儲蓄型保險，現在台灣的定期存款多為一年期，有誰願意冒險去做十年的銀行定期？但商人絕對是精明的，可想見，十年之內讓三千多元變成一萬元，仍舊是高利息、誘因大的。但是這些不論存在銀行或儲蓄會裡的錢，遇到炮火戰亂，以及胡亂通貨膨脹之後被千倍萬倍貶低的幣值，就是怎麼算，也都不划算了。

淞滬戰役的隔年，上海房地產漲得厲害，因為張愛玲的父親還有許多房產，一些以前不大往來的親戚紛紛找上門來，也結交了許多銀行經理或外銀的華買辦，張愛玲後母的兄長就是其中之一，所以，如果不是上海房地產大漲，也許父親與後母的婚事也成不了，張愛玲的成長也許就不必那麼痛苦。

一九三七年一月一日，新曆的大過年，張愛玲住讀的聖瑪莉亞女校放寒假了，母親已經與維葛斯托夫一同返回上海，就是為了她升學的事情，只剩下一學期，張愛玲就高中畢業了。她的未來，母親當然希望能夠把她帶去倫敦讀書，後母卻覺得為什麼不乾脆嫁人算了。父親知道她想繼續讀書，但不贊成她出國留學，如果看不上舅舅讀的復旦大學，國內也有外國教會辦的聖約翰大學呀！

這幾條路的衝突，就在於學費。

誰要出大學學費？當初離婚協議上寫明了，孩子的教育費理應由

父親出，但母親有選擇學校與干預教育方向的權力。張愛玲的父母親並沒有「教育基金」的觀念，後母是吃鴉片的，開銷相當大，根本無暇顧及孩子，何況是別人的孩子！母親手裡就只幾箱古董，以賣古董得來的錢過生活，可以綽綽有餘，但是要養孩子、付昂貴的大學學費，就有些拮据了。在她逃出父親的家之後，一切費用都由母親擔起，所以張愛玲才會在〈對照記〉裡說，母親被人嘲諷是「自搬磚頭自砸腳」，那塊大磚頭就是十幾歲的她。

那麼，天下重視子女教育的父母，大約都是自「生」磚頭自砸腳囉！張愛玲是從母親嘴裡聽到這樣的話，父親已經不把她當女兒看，母親又說她是個累贅的「大磚頭」，難怪她要把這句話記到下輩子！

淡巴菰

「秋天的太陽，兩人並排在公園裡走，很少說話，眼角裡帶著一點對方的衣服與移動的腳，女子的粉香，男子的淡巴菰氣，這單純而可愛的印象，便是他們身邊的闌干，闌干把他們與眾人隔開了。」〈金鎖記〉裡訂婚後的長安和童世舫，在七巧嚴屬的眼神看不到的地方，靜靜地滋長著彼此的愛戀。

紙捲菸在明朝嘉靖年間傳入時，就因為西班牙譯音被稱為「淡巴菰」，直到近代上海人說到香菸，仍習慣稱「淡巴菰」。

上海報頭上各種日用品的廣告，最常見的促銷口號就是「愛用國貨」。這則南洋兄弟菸草公司的香菸廣告，正是日本發動一二八淞滬戰役之後，全中國都喊著救國救民族時，空軍是國軍英雄中的英雄，畫面上的戰鬥機和正在抽菸的飛行員，旁邊上寫的是：「提倡實業，航空救國。」因此買香菸、吸菸，是正正當當愛國的行為。

南洋兄弟菸公司成立於一九〇五年，資本額為十萬元，在香港設廠製造捲菸，初名為南洋菸草公司，第二年改組為南洋兄弟菸草公司，在暹羅、新加坡、爪哇等南洋地區的銷路很不錯，但是在中國的銷路始終無法與洋商抗衡。到了一九一四年歐戰爆發，中國進口洋菸的來源變得十分稀少，這家華資公司乘機在廣東、上海、北平設分公司，又向當時北洋政府農商部註冊，同時增資，在上海設廠，一面向美國購買菸葉，另一方面也學外商菸公司，在河南許州與農民訂立栽培菸葉收購的契約，菸葉來源百分之六十為國產，百分之四十仰賴美國，當時中國規模最大的捲菸公司。

出品的香菸品牌，包括白金龍、紅金龍、聯珠、梅蘭芳、七星等九十幾種。每種菸的味道和品級、售價各有不同。其實，其中成分主要差別在菸葉和香料，當時所有的華商菸公司，雖然廣告時一定得打著愛用國貨的名號，但是如果從製菸原料看，一枝國產菸的製成，大概從包裝到菸葉內容，都脫離不了外貨。

先說菸葉吧。菸葉依照菸草花的顏色不同，而分為淡紅花普通種、黃花種、白花種，當時中國所產的菸葉多為普通種，在河南許州、章州，安徽鳳陽劉府，山東坊子、青州，湖北的黃崗、廣東南雄、浙江新昌、江西廣豐，都是製造潮菸、旱菸和水菸的材料。

一九一三年，英美菸公司從美國運種子進入河南、山東、安徽幾省之後，與農民訂立培植收購契約，又在產地直接設菸葉焙烤廠，才真正開始有捲菸用的菸葉出產。但是最上等的菸葉以金黃色者為最佳，次為淡黃、最下等是褐色，可能由於種植不得法，焙烤又欠佳，

雖然是美國種子，生產的菸葉仍多為淡黃、黃褐色，香味色澤都不及美國菸葉。所以，所有的上等菸用的全都是美國菸葉，中等菸則十有七八為美葉，下等菸則十中只有四五成為美葉。

除了菸葉內容外，捲菸用的菸紙，當時分為米製和竹製兩種，但是就連上海最頂級的造紙廠也還做不出來。全是從法國、義大利、美國、日本進口，其中以日貨最便宜，在一二八事變之後，全國抵制日貨，表面上日貨進口銳減，但是秘密輸入的仍非常多，等到風聲過後，華商菸廠用的根本也還都是日貨。

今天的香菸包裝，會在外殼加一層塑膠紙，當時有這層防潮作用的則是蠟紙，也是國內做不出來的，必須仰賴法國、義大利、瑞士、日本，每令蠟紙需要銀三到四兩。至於包裹菸枝的錫箔紙，鋼筋原料來自美國與德國，每箱一百包，重一百磅，價錢在銀一百二十兩到一百三十兩之間。

最早期的捲菸是沒有菸頭的，就直接是菸紙包著菸絲，以致於吸到菸屁股會黏在嘴唇上或甚至不小心燙到，使人十分不舒服。到了三〇年代初，洋菸先在菸尾加上一小段軟木，華菸也加緊跟進，上海人稱為「橡皮頭」，一九三五年的九龍牌香菸廣告上，就特別強調是「高等橡皮頭香菸」。這種軟木都是從英國、荷蘭等地進口，對於捲菸廠而言，大約每五萬枝菸，就必須因此增加成本洋十六元。

再就是香料了。能調和捲菸味道的，當時菸廠多用蘭姆酒（上海人翻譯為勒姆酒）、甘油、糖、波羅精，也有用香豆、甘草和蜂蜜，酒

已經有大量的國貨製造，甘油也有當時的華商五洲固本皂廠專門精製以代替舶來品，但是波羅精則一定必須從美國進口，每瓶洋九元到十元不等。糖的香氣效力因為不大，所以大多數菸廠都用德國製的糖精代替，每磅也需要銀七兩到八兩半。

裝菸用的紙盒，十幾枝裝的硬盒子原料用紙，也都是瑞士、義大利和日本貨，只有兩百五十或五百枝裝的大紙盒才是國貨，是由上海、蘇州、嘉興各地所產的馬糞紙，以手工做成。最後，只有菸盒子上的美術畫片是真正如假包換的國貨，從製畫到印刷，都是華廠出品。

在租界上海，要救國振奮民族，永遠是和商業或商人資本家脫離不了關聯，因為總是他們在提倡「愛用國貨」，饒是如此，也還是脫不了要白銀外流，被強大資本做後盾的洋商賺去許多錢，這些洋商裡，處處可以見到日本人的鬼影子。

但是從那些多樣活潑的廣告看來，大上海的商業文化真正倚靠的，卻仍是每個上海小市民，他們也許能夠愛用國貨，但是更重要的新鮮感、商品的質地和適用度，他們是老練精明的消費者。

如同讀張愛玲的小說，想望裡頭找強烈的國仇家恨，那可是緣木求魚了。她說：「我的作品裡沒有戰爭，也沒有革命。我以為人在戀愛的時候，是比戰爭或革命的時候更素樸，也更放恣的。」

空軍軍官抽菸的樣子，也許令人聯想英雄的淡巴菰氣息，有人因而去買了一包聯珠牌香菸，過後卻仍然回到抽洋菸的習慣。上海華商

捲菸廠在最盛時，曾經到達五十餘家，經過一二八淞滬戰役倒閉了十幾家，到了張愛玲被父親狠打關起來的一九三七年，八一三事變後，連南洋兄弟菸公司在上海的總廠都被炸毀了，後來又被日軍接管，繁華不幾年的菸業經營終告結束。

就像〈多少恨〉裡，男主人翁宗豫隨手翻翻課書，就得一條「上上 中下 下下 莫歡喜 總成空 喜樂喜樂 暗中摸索 水月鏡花 空中樓閣」。經濟的波動、政局的變化、戰火，人們永遠要有心理準備，努力掙扎著求生存，抱牢眼前的飯碗，守好身邊的錢財，卑微地希冀著的喜樂平安，不久仍將如泡沫般沒入暗夜，連邊都沒沾上就不見了。

能墮始能飛

在張愛玲的文章中，都是輪船上的風景，幾乎沒有從飛機上向外望的景致。她從來都是搭乘輪船的，從上海去香港讀書，港戰炮火後回上海，甚至在船上與炎櫻遇到一個老日本水手，談到台灣的風景，都是從輪船圓窗戶洞看出去的海景，直到一九五二年，她從香港到美國，搭乘的也還是輪船。

她要有機會搭乘飛機，已經是與賴雅結婚後，又從美國飛到台灣的六、七〇年代了。以張愛玲的成長背景，她周身所用的東西要不就用最好的，不然就將就著用那種可用就成了的，難道飛機不是最方便，最節省時間的交通工具麼？

上海的民用水機場和陸機場都在龍華鎮東浦江之濱，機場面積有一千兩百餘畝。在一九三六年的《上海市年鑑》中，出現有「陸機場」和「水機場」的分別，顯然當時的飛機分為陸上停靠和水上停靠，停靠的碼頭各因公路開發的情況，而有不同的交通工具通往市區，像上海、南京、漢口不論水陸都可由汽車接駁，四川萬縣和重慶的水機場就必須以轎子或舢舨接駁。

在五〇年代的台灣也還有水上飛機，一種稱為「藍天鵝」的飛機，現在七十五歲以上的人可能還依稀記得，當時這種飛機有從台北飛日月潭的路線，也有總統府專用機，不知過幾年後卻銷聲匿跡了，換來的是頻傳的耳語，據不可靠的小道消息說，似乎是投共去了，而除了這個消息之外，也沒有其他更可靠的消息了。

中國的民用航空事業正式開始於一九二九年初，由於國民政府交

通部規劃全國航空幹線五年計劃，組織中國航空公司，派孫科兼任理事長，與美國航空發展公司簽訂航空運輸與航空郵務合同，開闢京平（南京北平）、滬漢、滬粵三條線，其後成為中美合辦的公司。

就是因為有了這個中美合辦的中國航空公司，兩年後才會發生徐志摩坐機墜毀。一九三一年，張愛玲十一歲，徐志摩三十六歲，他們的交會只在新聞事件上，張愛玲是看到新聞事件的人，徐志摩卻是新聞事件的主角。

一九三一年十一月二十一日的《新聞報》上刊載著一大篇：「中國航空公司京平線之濟南號飛機，於十九日在濟南黨家莊附近遇霧失事，……濟南號飛機，於十九日上午八時，在京裝載郵件四十餘磅，由飛機師王貫一、副機師梁璧堂駕駛出發，乘客僅北大教授徐志摩一

人擬去北平,該機於上午十時十分抵徐州,十時二十分,由徐州續北行,是時天氣甚佳,不料該機飛抵距濟南五十里之黨家莊附近,忽遇漫天大霧,進退俱屬不能,致觸山頂傾覆,機身著火,機油四溢,遂熊熊不能遏止,飛行師王貫一、梁璧堂,及乘客徐志摩,遂同時遇難。……公司損失,濟南號機為司汀遜式,蓉滬航空公司管理處於十八年時向美國購入,馬力三百五十匹,速率每小時十九哩,今歲始換新摩托,甫於二月前完竣飛駛……機件全毀,不能復事修理,損失除郵件等外,計共五萬餘元,……徐是上星期乘京平線飛機來滬……才五六日,……徐之坐飛機,係公司中保君建議邀往乘坐,票亦公司所贈,……保君方為財務組主任,欲藉詩人之名,以做宣傳,……」

報導中的「京平線」自南京經徐州、濟南、天津以達北京,一九三一年四月十五日才剛剛通航,因此才須送票給名人做生意的招攬,大概因為十一月的這件新聞太轟動,以致於沒有人願意去搭乘,導致營業虧耗太大,於十二月就停航了,到一九三三年初才復航,更改為滬平線,並且改從上海起飛,到達北京的來回票價需要洋兩百七十元。

包括張愛玲家族的上海有錢有勢的人們,大概一直到三、四〇年代,還不太信任飛機吧!大多數人買輪船頭等艙票,已經是最好的交通了,所以張愛玲的母親從上海去歐洲時,應該也是搭乘輪船。

不過,一九三五年,交通部與法國航空部在南京簽訂中法聯運通航合約,規定自廣州灣到法屬安南(今越南)河內間,設置定期航

線。從上海發出的郵件最快到達巴黎的路線應該就是：由中國航空的
滬粵線，上海→廣州→河內，在河內連接法國航空，再從河內→馬賽
→巴黎。國內航線則上海到漢口不過七小時就到了。

　　同年十一月交通部又與英國皇家航空公司簽訂聯航，如果張愛玲
的母親那時候在英國倫敦，郵件可以從倫敦先到達香港，再從香港回
到上海。中國航空公司在聯航簽訂後，就開始在報上打「寄航空信，
簡便迅速，空中旅行，穩捷舒適」的廣告，標榜「省事、省時、省
錢」，只要貼足航空郵票，與普通信件一樣，可以直接到郵局寄出，航
空信件不像電報計字數，不論寫多少頁，只要重量在二十公克以內，
國內外信函都是同樣貼航空郵票洋一角五分。

　　一九三六年姑姑收到張愛玲母親從倫敦發出的信，告訴她們她即
將回上海的消息，應該是這麼傳遞的。飛郵件是沒關係的，飛的如果
是人，就得大大的考慮了！

　　往返歐洲的郵件原本還有另一條西北路線。國民政府交通部於一
九三〇年與德國簽訂歐亞航空郵運合同，並以資本額三百萬元共同組
織歐亞航空公司，開發西北航空路線。第一線從上海經南京、天津、
北京、滿洲里過亞洲俄國到歐洲，第二條線從上海經南京、天津、北
京及庫倫以外的中國邊境，過亞洲俄國到歐洲，第三條線從上海經南
京、甘肅、新疆的中國邊境，過亞洲俄國到歐洲。

　　第一條線於一九三一年五月開始，四個月後因為日本侵占東北而
告停止。第二條線因為外蒙問題沒有解決，根本不能經營。第三條線

開航後，計劃從上海取道蘭州、迪化到邊界塔城，再銜接上俄國飛柏林的歐洲線，結果因為新疆戰事，蘭州以西不得不停航。最後只好開發上海往雲南的路線，希望能夠取道昆明，從緬甸、印度飛出歐陸航線。

當時德國和美國是主要有客機研究發展的國家，歐亞公司因為一開始就策劃國外線，引進的機種也一直往巨型飛機注意。在一次世界大戰期間，德國人Hugo Junkers 研發出外部結構直接固定於機身的金屬機翼，先後出的Junkers F13、Ju W33、Ju W34都被歐亞航空陸續採用。

這張一九三七年廣告圖片上的飛機，是一九三〇年中葉用得最普遍的低翼、三引擎的Ju52型客機，可以載兩千八百公斤的郵件並旅客十五人，機內設有廚房，往返上海、廣州之間，只需八小時，被稱為「巨型」客機，是一九三五年八、九月才購入，從柏林分兩次飛到上海。

在這同時，美國的泛美航空公司的開發研究員在加州理工學院進行風洞試驗，到了一九三九年，開發的D3型客機，也可以載運21名旅客並有一位空姐服務，載運美國國內航線將近四分之三的旅客。

顯然什麼時候的上海，飛機都是不落人後的，只是敢搭乘的人並不多。

到了戰後的一九四七、四八那幾年，上海的航空公司多半都是與美國合辦，菲律賓航空就有上海馬尼拉和上海舊金山的兩種直飛航

線，而且已經進步到四引擎、三十八客座的五十四號巨型機，號稱「安全、迅速、舒適」：機上航駛人員全為美國籍，座椅可以做三種角度活動，並有美貌的女空服員，飛到舊金山「只需要」五十六小時。客票價以美金計，單程為九百二十五元，貨運每磅是美金兩元三角半，當時的上海，每二十圓金圓券兌一美元，不知是多少萬元紙幣才能換一元金圓券，而且每天還在不斷貶值中。

比較起來，輪船艙位多便宜，也更安全得多，兩種因素或者張愛玲都考量了。

其實在世界飛航開發史中，上海是頂早就不缺席的，早有飛行家到冒險家樂園的上海上空做過飛行表演。今名南昌路的當時的環龍路，就是紀念一九一一年到江灣天空表演飛行術的法國飛行家Vallon，直到三、四〇年代，上海還有許多五、六十歲以上的人記得，那年五月六日，那架飛機如何從空中翻轉直下，跌到公共租界的跑馬廳地上。

法租界公董局因此在法國公園內靠近環龍路的一面，立了一座紀念石碑，石碑兩旁鑴有中國字：「紀念環龍君！君生於一八八〇年三月十二日（清光緒六年二月二日），籍貫法京巴黎，於一九一一年五月六日（清宣統三年四月八日）歿於上海。君為中國第一飛行家，君之奮勇及死義，實增法國之光榮。」

石碑背面還有一位法國詩人做的法文詩，一個華人做了華文的直接翻譯，被引述在《上海研究資料》中：

有了死亡，才有產生

法國是受了這種痛苦，

使得他認得命運是在那兒！

榮福呵！跌爛在平地的人，

或沒入怒濤的人！

榮福呵！火蛾似的燒死的人！

榮福呵！一切死亡過的人！

引述的人認為這樣直譯根本不是中國詩文的組織，所以又依照古詩的習慣做了另一種意譯：「不死何由生？能墮始能飛，身經此患難，方知命所歸，壯哉敢死者，千古有令徽！」

現在看來是兩種翻譯都很有趣，做成古詩還能押韻呢！這裡面其實是有一點曲解，做古詩翻譯的人大概並不知道法國大革命的典故，法文詩意原在於讓飛行家的死，有以身殉國的連帶意義。那位成為「中國第一飛行家」同時又「跌爛在平地」的法國人，若是泉下有知，看懂了「能墮始能飛」這種句子，可能也是哭笑不得吧！

但是畢竟，在租界特殊的中西文化衝擊中，就是可以從這些小地方看到上海人的可愛。

白磁磚

在與父親離婚後，張愛玲的母親和姑姑搬入法租界的一幢漂亮的公寓裡，在那裡，十一、二歲的她第一次看到「生在地上的磁磚沿盆和煤氣爐子，我非常高興，覺得安慰了。」

三○年代初的上海，各種機器製磚瓦工廠已經很繁盛，但是能夠製造配合新式住宅室內裝潢的磁磚、花磚和馬賽克磚的，僅有幾家。花磚和馬賽克磚都是地磚，鋪用於室內地板或廚房浴室的地板，磁磚則多半用於貼壁。

花磚的原料是洋灰（水泥粉）和顏料，大小一律八英吋正方，但是顏色花樣名目繁多，洋灰原料是國產，顏料當然要仰賴於英美日德等國。以美麗住宅取勝的法租界，新蓋的公寓裡，多有用這種花磚鋪地。花磚的顏色必須先研細，再與洋灰攪和，重壓在磚面，所以就是用久，顏色仍然鮮豔不褪。顧客如果需要三角磚或小磚，甚至要特別的花樣，只要先出示設計圖，花磚工廠都可以辦得到，當然了，價錢也會很漂亮。

馬賽克磚和磁磚的原料同樣都是瓷土，多半取自江西景德、江蘇宜興、浙江龍泉等原本就產優良瓷土的地方。兩種磚不同之處在於，磁磚表面得上一層瓷釉，所以潔白光華，馬賽克磚卻不上釉。當時上海做得最好、最有規模的廠就是益中福記機器磁磚公司，因為質地優美，堪與外貨媲美，所以銷路一直很不錯。

這張整版廣告看起來都是方方正正的塊塊，似乎很笨拙，如果是現在，只要以滑鼠移動，就可以畫出這種方正無聊的線條，但實際上

在繪畫廣告的時代，那中央的「益中磁磚」幾個字，要仿照磁磚排列的效果故意畫出來，還得花費一些精細的功夫。

三〇年代正是上海地產交易最熱絡的時候，建築業鼎盛，跟著地磚磁磚業也繁榮起來，在國產白磁磚還沒出現之前，用的多半是英國貨和德國貨，後來出現了物美價廉的日本貨，幾乎使得英德貨品絕跡於市場。

益中公司創立於一九二二年，剛開始時只製造機器和電氣用品，到了一九二八年，才另設磁磚製造部，是國貨馬賽克磚的第一家，一九三一年與福記中國製瓷公司合併，為上海唯一製造白瓷牆磚的廠家。

這種白瓷牆磚分為長六吋寬六吋，以及長六吋寬三吋兩種，每打售價洋十一元。當時在工廠裡燒窯的工人工資是以件計酬，每燒一萬塊磚，可以得到洋十元，多半是工頭承包，如果每窯每月可以產一百萬塊，在營業不振的時候，廠方給錢還以九折算，工頭大約每月可以得到九百元的收入，但是必須分給大約六、七十個工人，所以平均每個工人每月所得工資大約是六、七元，剩下五、六十元就是工頭的薪水。

這樣比較起來，一打白瓷牆磚的價錢並不便宜，所以也只有高級公寓才用得起。在那樣的時代，那樣的光潔白亮的瓷磚沿盆會令人覺得非常高興，當然不是簡單的。

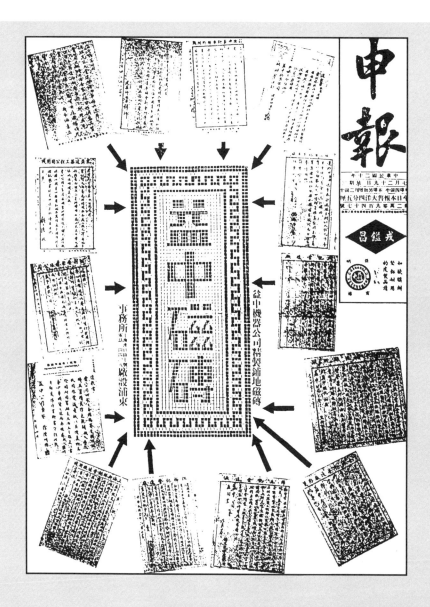

水門汀

在《半生緣》中，世鈞第一次到曼楨家，張愛玲描述的那條弄堂風景，很多出自她留在上海最後幾年搬住的梅龍鎮巷弄。「一群娘姨大姊聚集在公共自來水龍頭旁淘米洗衣裳，把水門汀地下濺得濕漉漉的。」

在她的小說裡，「水門汀」出現過非常多次，初看實在無法會意那是什麼。又有另一個詞是「水汀」，因為前面加了「冷熱」，所以知道和「水門汀」是不同的東西。讀多了，就不免猜測「水門汀」是普遍的一種建築用材料，而且不是很貴的。

原來「水門汀」就是水泥，輸入在中國的清末時期，開平礦物局曾經在煤礦附近設立水泥廠，聘英國人為技師，光緒三十二年讓給華商經營，更名為啟新洋灰廠。到了民國初年，水泥的名稱就有好幾種：洋灰、紅毛人泥、士敏土、水門汀、賽門德，前兩種是因為水泥來自外洋而有的名稱，後三種是cement的意譯及音譯。

上海生產水泥的工廠只有三家，所用的機器都是德國製，水泥的原料成分有黏土、灰石、石膏三種，黏土灰石是來自國內，石膏卻須向外國訂購，水泥工業已經有三十幾年的經驗，卻仍然不敵英商日商，尤其東北淪陷後，日商在東北設廠更多，在中國取用中國的黏土灰石，製成水泥後回銷給中國人，打擊水泥華商。

租界裡的建築業隨著整個中國戰亂的程度，呈繁華成長的反比，只要一有戰爭，租界裡就開始蓋新的房子，石庫門房子也好，高級公寓、獨棟花園洋房也好，哪一種房子有不需要水泥的麼？水泥業應該

只有成長沒有退步吧！實際上華商廠家的銷售卻因為外商傾銷而迫使水泥價格不斷慘跌。

　　整個中國近現代史裡，不斷地充滿了這樣的悲情，在悲情中生活的人們，終究必須習以為常地擁護自己。套句張愛玲的話說：「雞在叫，又是一個凍白的早晨。我們這些自私的人若無其事的活下去了。」

申曲

申曲在無線電裡播出，大概在張愛玲的時代十分普遍，她的散文、小說中才能經常出現隨意走在路上，就能聽到人家家中傳出無線電申曲調子的情況。而且被她引出的申曲詞句都挺有意思的：「三魂渺渺，三魂渺渺，七魄悠悠，七魄悠悠，閻王叫人三更死，並不留人，並不留人到五更！」

重疊的句子，能夠引得這樣一字不差，可見申曲之於當時社會，大概和今日的流行歌曲是同樣的廣泛度。實際上，三、四〇年代上海各遊戲場（書場、戲場）日夜都有申曲節目，在無線電播音台上，申曲更替代說書、滑稽戲，獲得最多的廣播時間。

一九三七年中華書局出版的《上海研究資料》中，有一整節申曲做的考證。申曲在民國初年以前仍稱為花鼓戲，清末的《上海繁華小志》中描述花鼓戲：「暢月樓中集女仙，嬌音唱出小珠天，聽來最是銷魂處，笑喚冤家合枕眠。」其中的「小珠天」，直到三、四〇年代的仍為上海申曲中的唱本。

花鼓戲是從鄉間開始，後來才逐漸流入城市中，起初只有白天表演，後來也在夜間做戲，最初所有的角色都是男子扮演，後來女子也參加了演出。所用的樂器，以男子敲鑼，女子打兩頭花鼓，和以胡琴、笛、板，到了申曲的階段，只是兩頭鼓改為普通鼓，其他並無改變。

民初上海文人多認為花鼓戲不論情景、唱詞、賓白多鄙俗，其中尤多男女曖昧挑撥情色之處，說是「所唱皆淫穢之詞」、「賓白亦用土

語」、「村愚悉能通曉」，也正是因為這樣，這種戲才能擁有廣大的聽眾。

一九一四年唱花鼓的一班領袖人物發起，把花鼓戲改稱為「申曲」，以與「崑曲」並肩齊名，到了一九三四年十一月，正式成立上海市申曲歌劇研究會。在這二十年間，原本唱花鼓的人表面上一變而為唱申曲，因為唱的人很多根本目不識丁，都是自小跟著師父口傳熟悉唱腔，把詞曲背在腦子裡。

原本花鼓戲的本子雖然經常被地方官員禁止，禁者自禁，唱者仍在地方上唱演。申曲研究會成立後，委員們的第一件事就是以「演詞粗俗，有礙風化」禁止其中幾種曲目：〈王長生〉、〈何一帖〉、〈渡過橋〉、〈肚郎叫喜〉、〈和尚看病〉、〈逃七關〉、〈比漢郎〉、〈浪被單〉，但是唱的人為了人們愛聽，

仍然千方百計把曲目換名，曲調做小小更動，換湯不換藥，仍舊上演。

申曲的劇本少說也有百餘齣，後來又加上電台還有以彈詞改編的新劇本，雖然腔調都很簡單，常常是七字一句，每句末尾都用上海人的口頭韻，學徒要出師，唱熟那些句子，並且有不同的表演，仍然需要三、四年的學習時間。

聰明的男女學徒孩子會發現，許多句子或同樣的句法在不同的戲中出現，例如：「東方日出照窗紗，香閨靜坐大姐姐，忽然想起心頭事，想起堂前兩爹媽，想爹娘，勿養三男並四女，單生兄妹兩冤家。」通常更換的是第二句，換成「佳人對鏡插蘭花」或是「張家小女嘆終身」等等。

通常在戲裡要形容人走得快，就是「三步改作兩步行，行一里來過一村」，說小姑娘年紀輕，一定唱道「二九挽郎十八歲」，說那人要死了，便是「閻王要人三更死，定不留人到五更」，最後這句就是因為太常出現，被張愛玲記著記著，就寫到文章裡去了。

好像台灣香港的武俠連續劇或古裝打鬥戲，兩派仇人冤家路窄時，一定要說：「天堂有路你不走，地獄無門你偏行！」或是嘿嘿嘿，邪笑幾聲道：「踏破鐵鞋無覓處，得來全不費工夫！」雖不一定是爛調，但一定是陳腔。唱熟了申曲的演員，只要順口，詞句是可以常常隨機應變，不一定全照劇本。

申曲劇本曲目很多，或以事件為題名，或以事件主角為名，例

如：〈庵堂相會〉、〈男落庵〉、〈女落庵〉、〈買郎眠〉、〈賣冬菜〉、〈雙望郎〉、〈插蘭花〉、〈繡荷包〉、〈打窗樓〉、〈雙投河〉、〈贈花鞋〉、〈周老龍〉、〈陸雅臣〉。卡爾登大戲院到了三〇年代重新改裝，不再映演外片，而是排戲班上演。一九三九年還未過舊曆年，卡爾登的夜戲是頭本〈文素臣〉，是新作的戲本，廣告上打著「大小報章，好評潮湧」，戲的內容是「為兄報恩，投體入生人懷抱，難為了妹妹」，「偏遇著──不欺暗室，坐懷不亂的真君子，急煞了哥哥」，這種哥哥妹妹的戲，雖說是「發乎情，止乎禮」，給人們的想像空間可真大呀！

當時的上海人有此一說，申曲是因為：「三百幾十萬人講著的上海話，……與北平話已經並駕齊驅，或者竟說已打倒北平話了，因為上海時時刻刻在創作新話，在輸入新話，而此種上海新話，藉無線電、電話、電報、報紙、火車、飛機、輪船、書籍等等而傳播全國。申曲因為是用道地的上海土話來唱……，只要上海繁榮，申曲的堂會與播音等等，還要生意興隆的。……」

這樣意氣風發地自豪，難怪總不願意讓自己老掛口「家國大義」的張愛玲，引著那口氣很大的：「譙樓初鼓定天下……」時，也自歡喜愉悅地想像著壯麗的景象，「漢唐一路傳下來的中國，萬家燈火，在更鼓聲中漸漸靜了下來。」

無線電

　　三〇年代的上海人說的「無線電」，指的正是廣播收音機。

　　一個非正式的統計，當時全中國八、九十座的廣播電台中，上海的公、民營電台就佔了四十餘座。在三〇年代初，上海的廣播電台所以紛紛成立，反映著人們擁有無線電的普及情況，走在路上就能聽到人家家中無線電的播音，就像後來電視機普遍時，晚上八點多走在路上，隨便都能聽到八點檔連續劇的對話。

　　無線電的應用實際上始於一次世界大戰末尾的德軍，後來美國也研發成功，不久之後，一個居留日本的美國記者奧斯邦結識了一位很有資產的留日華僑，並且說服他回上海一邊辦廣播事業，一方面銷售無線電收音機，組織一家「中國無線電公司」。一九二三年一月二十四日下午八時，全中國第一座廣播無線電台開始播音，只播一小時，從晚間八點十五分到九點十五分。這家無線電公司因與《大陸報》合作，報上廣告收進收音機和廣播時間，廣播時也由大陸報製作新聞內容。

　　這時候並不稱「廣播無線電」，而是「空中傳音」。

　　由於無線電的啟用多半與軍事機構有關，所以相關的機械通常都在管制禁止之列，但是奧斯邦的電台和公司並沒有受到限制，一方面可能因為設於租界，而且廣播電台和大眾用收音機也被視為另一種新發明。結果，真正問題卻在於收音用的耳機，被海關章程列在軍用品內，禁止輸入。中國無線電公司既沒有東西可賣，電台在兩個月之內就被迫關門。

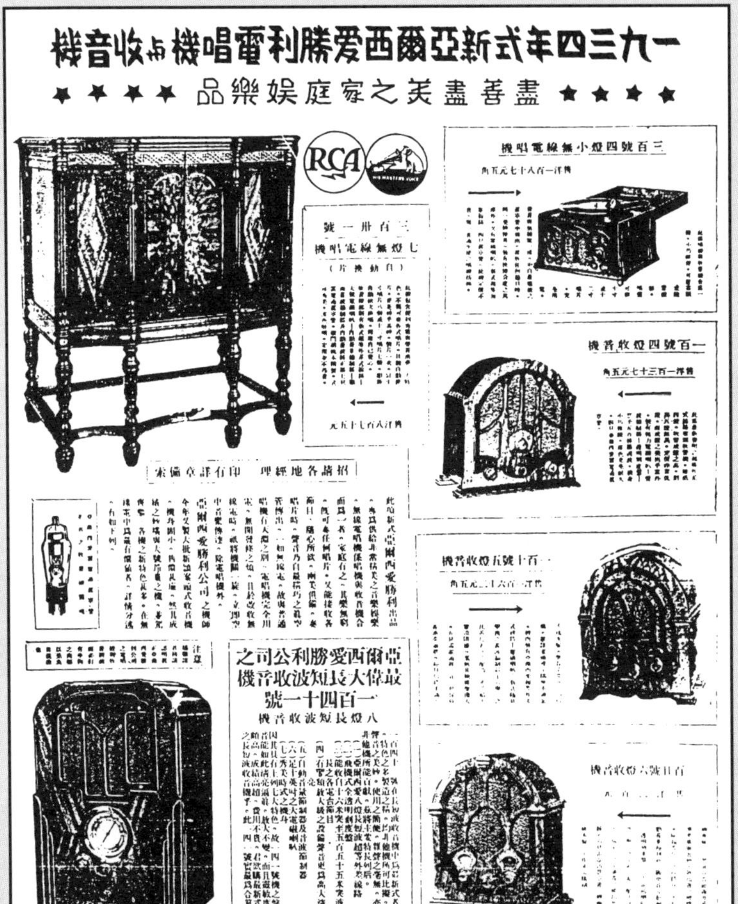
一九三四年式新亞爾西愛勝利電唱機与收音機
盡善盡美之家庭娛樂品
RCA
三百號四燈小無線電唱機
三百卅一號
七燈無線電唱機
（自動換片）
價洋六百七十五元
一百號四燈收音機
招請各地經理 印有詳章備索
亞爾西愛勝利公司之最偉大長短波收音機
一百四十一號
八燈長短波收音機
價洋三百七十五元
亞爾西愛勝利公司
上海北京路河南路轉角國華大廈七樓——電話九三三〇五號

但是想在上海開播的華商外商卻多不信邪，從奧斯邦失敗之後，仍然此起彼落地與各報館、飯店、娛樂場合作開設電台，有些維持幾個月、一兩年，因為機器收音的改良，越接近二〇年代尾三〇年代初，電台經營就維持越久。

《申報》甚至從一九三三年初開始，每週六製作《無線電周刊》，在這個版面四周，通通都是一些修理收音機公司或收音機零件、組裝、販賣的廣告裡，正文裡則討論各種與無線電收音機相關的問題。剛開始有很淺顯的，例如：因為上海的電台太多，不免聲浪交雜干擾不堪，於是就有人以經驗交換的方式指出一些收音可以較清晰的方法。

但是後來的許多文章，看得出來有些根本是讓玩家讀的。例如討論到收音機內變壓器的問題，熱絲交連安培表如何用真空管製作，而不必費昂貴金錢去修理，遇到直流電如何運用變壓器，最新電波週率的調整法等等，還把裡面的電路如何連接都畫出來。

當時的收音機已經從最初的三燈機、四燈機、五燈機到六燈、七燈、八燈，所謂的「燈」，指的就是真空管的數目，多半是進口的美國貨、日本貨、德國貨、英國貨。上海當地也有工廠製作，上海人稱做「本牌貨」，四燈機的價格只需八元到十四元之間，五燈機則十五元到二十一元間，六燈機貴些，有到三十元的，但是音質十分嘈雜。大部分有能力購買收音機的家庭，寧願買美國進口的「老牌飛利浦收音機」，或是更晚幾年，買全部英國製造的歌林牌短波十一燈收音機。

一九三〇年十一月，上海惠勒公司進口美國合組無線電公司製造出品的「十六號收音機」（ RCA-Radiola 16），廣告上不斷強調「可以收到遠埠各處播音，非常清楚……電係蓄電池，外加喇叭，以一〇三號式為最適宜」、「此機樣式精美，係一長方木匣，所有機械，皆裝在一金屬底盤上，可自箱背取出，箱頂之蓋揭開，即可整理真空管，此外天地線、電池線以及喇叭線之接頭，均在箱後，……實價十六號收音機連真空管只售大洋一百廿五元，外加一〇三號喇叭一只洋八十元，電池六只、天地線全副九十三元，特別廉價，共售洋兩百八十五元。」

　　這些「特別廉價」的進口機，多半兩百元到三、四百元不等，如何能與本牌貨相提並論呢？一九三三年的飛利浦收音機廣告則強調：「唯有飛利浦收音機可用於自一百至兩百六十伏脫之電壓上，無須再加另件。」可見當時的收音機用戶，對於那麼多纏繞的電線、變壓器、真空管的整理等等，的確大有困擾。

　　《申報》的《無線電周刊》所以會一直出現討論電波週率和直流電、交流電、變壓器等問題，是因為那時候的上海，連同租界華界，就有七、八家發電廠：商辦閘北水電股份有限公司、華商電氣股份有限公司、浦東電氣股份有限公司、翔華電氣股份有限公司、真如電氣股份有限公司、滬西電力公司、美商上海電力公司、法商電車電燈公司。各家所發的電力週率，除了「浦東」是六十之外，其餘都是五十，但是電壓伏特就大有不同了，閘北、翔華、滬西、美商是200V，

華商、浦東、真如是220V，法商則特立獨行，只有110V。

這種伏特數（時人稱「伏脫」），就像今天如果把台灣110V的電器用品拿到香港或大陸去用，非得裝變壓器不可。在上海一個地方就有那許多種伏特數，更有甚者，有時電廠或因發電機負荷過重，雖說是兩百伏特的供電，實際上竟低到一百五十、週率四十左右。

所以不僅收音機，凡是電器用品，都需要分辨清楚，在哪個地區生活的人，需要用哪一種繞線（電線），哪一國來的用品，又需配用哪一種變壓器，如果壞了，得送哪家熟悉哪一種牌子的廠修理，稍微一個環節不謹慎，這只電器就報銷了。

世界上大概沒有哪個地方像三○年代的上海這樣，就算在電器使

用上也是令人嘆為觀止的！

〈花凋〉裡，在鄭先生、鄭太太和一大家子吵吵鬧鬧的飯桌之外，女主角川嫦悄悄默默地在客廳一角，蹲在地上扭動收音機的撲落，章雲潘跟過去，兩人有段對著無線電的交談，章說：「我頂喜歡無線電的光。這點兒光總是跟音樂在一起的。」但是對川嫦而言是無所謂音樂的，她「就希望有一天能夠開著無線電睡覺」，然而她卻是被忽略得連這一點孤獨的享受也得不到的人。

晚年的張愛玲，不論搬到哪裡都有一台電視機陪伴著，而那些年的上海人，也自不能缺少如同飯鍋一樣的收音機吧！一九四三年一、二月，她在寫〈花凋〉這一段的時候，是否也扭開了收音機的撲落，在發熱的真空管亮起的微光中，想念著過世的三表姐寂寞著微笑的臉龐。

電氣

一九三五年下旬，在兩大報上出現了上海電力公司的電燈廣告，畫著一位穿旗袍的女士高興地觸摸平常家用的檯燈和立燈，旁邊四個醒目大字「新異之事」，下面又有小字解說：「請來敝公司南京路樣子間，一觀此種有益目力之電燈。府中諸室用之，既新穎、復可愛，欲免目力過勞受傷，請購此種美觀不費之電燈可也。」

根據上海特別市社會局於一九二九年所編《上海之工業》中所說：「吾國人民對於用電，不謂為奢侈品，即目為危險品，年來電燈漸見發達，由於居民惕於火警，畏用洋油，不得已而用電，非曾知電燈之利，較勝洋燈萬倍也，捨電燈外之家用器具，仍多抱懷疑態度，……專恃廣告為之解釋……」

「洋油」、「洋燈」就是一般簡稱油燈的火油燈，火油一旦打翻就燃燒得很快，電燈就因為這樣而成為安全的替代品。但上海人老早就

對電燈並不陌生，公共租界的第一盞電燈裝置於清光緒八年六月（一八八二年）發光，法租界的則在光緒二十三年五月（一八九七年）發光。公共租界的電廠是前身為楊樹浦發電廠的美商上海電力公司，法租界的電廠則是法商電車電燈公司。當煤氣路燈逐漸被電力路燈取代時，上海市不但用電的戶數增加，使用電力為發動力的工廠也更多了。

相對的，家庭電器的銷售廣告也越來越多，光是上海電力公司的銷售就有電燈、電扇、電熨斗、電力咖啡爐，甚至於煮飯炒菜的電灶、電力烘箱（烤箱）。

「每室之中，早午晚乃至二十四小時內，均有涼爽宜人之清風。電鈕一撥，涼風即至。其舒適有享用不盡，而所費甚微。宜置一只，則府中無悶熱之苦。」這說的是電扇，比清末以來需要用打發條鼓動齒

輪的自來風扇要更方便多。

「底面光滑，不傷衣服，熱力均勻，不宜污紋，無須生火，不費柴炭，便利清潔，值得購置。」簡直把以前炭火熨斗的缺點都改善了！

「珍物，現代電器咖啡壺中煮成之咖啡，既新鮮、復悅口，電器烘餅器焙成之烘餅，輕鬆酥脆，非常可口。」說的是咖啡壺和烤餅箱。

「電灶之熱，無論在灶內或熱板上皆平均，而無一邊冷一邊熱之弊，故煮物皆得均勻，且用費省而廉，工作便而潔，蓋無鍋煤灰爐，只須將開關一轉，灶內熱氣全消，下次又可應用矣。」這個電灶廣告還在下方畫個用煤炭爐翻炒鍋的對比圖，所以凡是成為煤炭的取代物，都可以有變得清潔、省力、費用少的好處。

「電氣烘箱，具有自動電熱調節器，故如採用電灶，則烘箱所為之結果，必常臻完善。」看起來烘箱是可以和電灶配合著一起使用的。

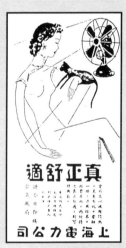

這些廣告都在一九三四到三六年間，電扇、電燈、電熨斗甚至咖啡壺，後來都有越多的廠牌出現，電灶和烘箱廣告卻有減少的現象，可能對於講究火侯的中國人而言，電灶不如煤氣灶甚而煤炭爐好用，使用烘箱烤西式點心的人也並不多，所以銷售得並不理想。

越接近三○年代末，家庭電氣用品的使用越廣泛。到了一九三四年，公共租界裡上海電力公司已經有八萬餘用戶，而當年工部局統計的人口數字，包括華人洋人在內共計一百一十四萬人左右，當然，戶數與人數是無可比對的，但假設每戶平均有十人，則有八十萬人可以享受到電力。那麼公共租界裡仍有幾十萬人無電可用。

這樣看來，懂得用電的，除了像張愛玲家族那樣，有祖先餘蔭的貴族後裔，應該還有中上薪水階級以上的家庭。一九二九年《上海之工業》的主編雖然嘮叨著國人不懂得使用電氣，連帶也使得電氣工業不發達，卻也矛盾地把當年家電用品的進口關銀數字列出來，包括燈泡、電燈材料與附加的皮線花線、電磁料與夾板、電扇、小電動機、變壓器、刀開關石板、電池等家用電具，總計已達五、六百萬兩之鉅。也就是說，肯花錢購買電氣用品的人們，仍然比較信任昂貴的外國貨，這些白花花的銀子，就這麼輕易地從上海坐上洋船走了。

不過，就算有人相當愛國地想買國貨，也無可選購。因為中國的工業原料，多半還在未開採的狀態，製造技術也有問題，最簡單的，鐵礦就不足了。因為政局的紊亂，唯一煉鐵的漢冶萍鐵廠幾乎停擺，所以上海各機械工廠所用的鋼鐵原料都從外洋輸入，最大宗的國家又

還是日本。

另一個大障礙是來自工人的品質，當時的電工都是學徒出身，沒有受過正式的教育訓練，要做出精準細緻的電器用品幾乎不可能，而要訓練精細的電工卻需要更多的時間。首先，電工需要有高小書算的能力，繼而學習初步機械知識以及精確的工具運用，最後再學會電機上的各種理論。這麼一來，至少要四、五年的時間，要訓練出一批這樣的人，無異於辦一所建教合作的職業學校，也不是小資本額的單一華商廠家做得到的事。

工人的電氣知識不足，導致工廠裡各種危險事件的發生，最多的情況是電線疏於修護，以致走電失火，或者觸電、鍋爐爆炸、不小心被捲進機器的輪轉皮帶等等，在兩租界工部局與上海市政府的意外災害死亡統計裡，每年都佔相當的比例。上海特別市社會局曾編訂《工廠安全設備須知》，裡面條列一百零六條工廠須改善的情況，包括勸告工人工作時慎勿吸菸、光線與空氣的流通、鍋爐與機械裝置的知識、觸電的防護、升降機的設置，所有條列的應注意事項，也都是當時各種機械工廠普遍存在的大毛病。

一九三〇年的大上海，不僅僅是繁華的商埠，還是工廠林立的地方，雖然有七、八家電廠還是不夠用。正因為這所有的不足與破綻百出，上海人一面老練地選擇購買洋貨，另一面卻也著急地趕緊想辦法望上爬升，許多廠家會把洋貨買來拆著看，大膽地仿造幾隻，做出來的成品不好用是吧！沒關係，便宜賣，然後再繼續作修正。

就這樣，整個三〇年代的上海，就在商業競爭與淘汰中不斷向上飛衝。十幾歲的張愛玲根本沒接觸過那些機械製造的細節，但是，把成語倒過來用，沒見過豬走路也吃過豬肉──讀她的小說就知道，她是從小用電燈長大的人。

留聲

薇龍住進香港山姑母家的那個晚上，聽到無線電裡悠揚的音樂川流過樓下大廳晚宴的人聲喧鬧，她打開壁櫥，發現那裡面成掛的，紗的綢的、織錦袍子、夜禮服、海灘長袍、家常見客的半正式晚餐服，一應俱全。薇龍整夜淹沒在試衣的狂喜中，樓下大廳留聲機的爵士樂舞曲調子一變，奏起氣急吁吁的倫巴舞曲，帶動人們淅瀝沙啦的腳步聲響。

〈第一爐香〉這樣的場景氣氛，壁櫥裡那些衣服，神似長三堂子裡老鴇替官人們準備的花粉頭面，這麼一來，留聲機奏起的調子，便成為一步步引誘薇龍投入火坑的背景音樂。

張愛玲用留聲機音樂做情節背景，雖然不比無線電音樂多，但也

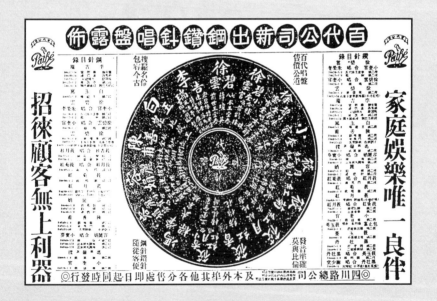

頗有幾處，而且多用在跳舞的場景，也可想見那些多半是外國唱片。外國唱片進入上海市場當然也是隨著五口通商的開埠，早期唱機被稱為「留聲機」，和無線電收音機一樣，裝在一個木匣子裡，木匣打開後，有一手搖把柄，必須先搖轉好幾下，打上發條，留聲機才能發聲，唱片因留聲機大小，分為十寸與十二寸大兩種，唱針也分為鋼針與鑽針兩種，所以百代公司在一九三〇年出的京劇、粵劇、申曲名伶的唱盤（唱片），也還分有鋼針、鑽針兩種。

由於唱片是靠紋路起伏模仿聲浪，磨久了，鋼針當然比鑽針容易變鈍，所以鑽針頭留聲機會比鋼針頭留聲機貴許多，技術上也更精密，一般國產留聲機的價格一台大約在十二元到十五元之間，都只能是鋼針頭，進口貨則動輒洋七、八十元到一百多元不等，也還是有分

鋼針、鑽針。

這種留聲機仍然需要外接喇叭或擴音機，以至於音質較差的喇叭發出的聲響就會有雜音。用不起高級貨的人家，當然裝有真空管的無線電流出來的音樂，會比手搖留聲機的好聽多了。

手搖留聲機到了一九三四年以後，就逐漸被全電動唱機取代。進口的電動唱機多與無線電收音機結合，一九三四年亞爾西愛勝利公司（不要懷疑，這個勝利公司也就是銷售勝利唱片的同一個公司）出品的幾種無線電唱機，唱機的發聲就直接利用無線電的真空管。

因為是當年才剛開始的發明，所以廣告裡還特別強調：「無線電唱機，係唱機與收音機合而為一……既可奏任何唱片，又能接收各節目，……奏唱片時，聲音乃自最精巧之真空管傳出，一如無線電，故與普通唱機有天淵之別，電唱機完全用電，無發條之煩，且於收無線電時，只須將機關一旋，立即空中音樂傳達。」

其中一種外形豪華的胡桃木精緻櫥櫃型「七燈無線電唱機」，還能夠「自動換片，更是神乎其技，計十寸唱片八張或十二寸七張，即能自動依次換唱，毋庸自己費心」，並且「價錢克己，只售洋八百多元」。這樣的唱機等級，大概能與後來的「高級音響」相媲美了。

唱機的改良與普及率成正比，這時候因為國產有聲電影的發展帶動流行歌曲，唱片發行時也開始有明星與流行歌曲的廣告。百代公司在一九三四年六月舉辦「誰是你所崇拜的電影明星？」競賽，第一條規則當然是得購買百代唱片一張，才能附有競賽券一紙。以胡蝶、陳

玉梅、王人美、談瑛、陳燕燕、黎莉莉等十一位明星的唱片為主，在競賽券上做投票選舉，與選舉結果相近的人，可以得到不同等分的給獎。

當時的百代公司全名為「英商東方百代公司」，分別在香港、上海、天津都有註冊，與「亞爾西愛勝利公司」為上海兩大唱片對手。前者商標是百代公司下，一隻昂頭亢鳴的雄雞，草寫的英文Pathe復壓在雄雞上。後者的商標則是RCA之外，又有一隻小狗蹲在留聲機旁，好奇地湊近留聲機的大喇叭聞聞，下面一排英文字 His Master's Voice，所以時人早有戲稱兩者是「雞犬之爭」。

就在唱片唱機正改良摸索的時候，卻有商人想出了新的賺錢點子。一九三二年十月，中國灌音公司廣告「個人音片」上這樣寫道：「從此以後，君能聽到自己的聲音和他人聽君一樣了！」

這種吸引力，就像錄音機和錄音帶出現的時候一樣迷人！

這家灌音公司與兩家電台合作推動產品，是「採用一種賽銀片，並非臘盤，和數百專門人才，經過五、六年長時間的心血，才研究成這破天荒的灌音片，灌入的聲音十分準確，和原音一般無二，並沒有沙沙的雜音，……」，而且備有以隔離板（隔音板）築成的灌音室，「適合唱京戲者、帶場面者」，樂器除了鑼鼓、胡琴、鋼琴三種之外，都必須自備。

「能發音的人不來灌音猶如啞巴一樣，能奏樂的人不來灌音枉有藝術天才」，這樣說得好像稍有點愛唱歌的人都得去灌音似的，而且每灌

一張，只須洋兩元，和一張「克己」減價或打折的歌林、百代唱片差不多價錢了。據說當時，上海娛樂場上去趕時髦灌音的人還不少，因為收費不貴，全家好奇地去參觀順便灌音的人更多。

一九四四年的一個深秋夜裡，胡蘭成那時正忙著創辦《苦竹》雜誌，既不去南京政府的辦公室，也還沒西飛武漢辦報，也許就正坐在燈下一角，翻看許多還未編好的文章。做妻子的張愛玲則伏在桌上，專心替《苦竹》創刊號寫篇精采的散文稿，一抬眼，卻聽到遠處飄來跳舞廳的音樂，女人細尖的喉嚨唱著：「薔薇薔薇／處處開，薔薇薔薇／多嬌美……」。

高亭唱片　為唱
片中之霸王
音調正確　聲響高朗
家庭備之
如與諸名伶聚首一堂
南京路心聲公司
蘇州路洋洋公司　均有寄售

那是戰爭末期，空襲已經非常頻繁，偌大的上海夜晚沒有一只霓虹燈點著，每家每戶都在自家燈罩上蒙一層黑紙，窗簾密密掩著，生怕洩漏一點光就會引帶天空投下的殺機。外面的世界是那樣凶殘可怕，然而那細聲細氣的歌聲就是擋不住地流進溫暖的屋子裡。

屋裡的薔薇並不大朵大朵地到處開放，只是綢絹的、綴在蚊帳頂、燈罩上，或者睡衣袖口，幼小卻圓滿，只因為是讓人穿著用著，因而可親可愛了。

在空中說話

　　白流蘇房間裡的電話忽然朗朗響了，劃破淺水灣飯店寂靜的夜，范柳原從電話的那一頭對她引用詩經的句子：「死生契闊，與子相悅，執子之手，與子偕老。」他們在電話的兩邊暗自做著愛情政治的較勁，范柳原最後一次打電話過去，聽筒被流蘇拿起來輕輕放在被單上，對方的聲音還是清楚的：「流蘇，妳的窗子裡看得見月亮嗎？」流蘇沒有回答，但是眼淚中的月亮大而模糊……

　　只聽得見聲音，卻看不見表情和動作，電話裡的愛情，會讓再怎麼不懂得浪漫的人，都變得夢幻而不真實，情人之間的愛情角力，也就成了另一種純粹精緻的精神折磨。

　　用電話轉換精神情緒的空間，張愛玲用得十分多，《半生緣》裡世鈞輾轉得到離婚後的曼楨的電話，撥過去，接電話的人要他等等，得去喊人。曼楨的生活，連台電話都裝不起麼？這些引發世鈞更多的猜測，曼楨和豫瑾結婚了？婚後生活得不好？還是……他怎麼想都沒有旁觀的讀者清楚曼楨更淒慘十二倍的遭遇，有了這一層，接下來兩

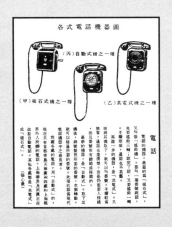

各式電話機器圖

（丙）自動式機之一種　（甲）磁石式機之一種　（乙）共電式機之一種

人最後的重逢，才令人更感到淒涼苦楚和無奈。

張愛玲小說裡的電話，已經有點「生活指標」的意味了，那表示電話已經到了十分普及的程度。不過，電話在上海可不是一開始就人人裝得起的，至少直到三〇年代中葉仍是如此。

一九三四年，翔生汽車公司因為增設出租車行，在兩大報上大作廣告，當年雲飛汽車在華界的登記電話不過三碼，才過幾年，這個翔生公司在華界的電話號碼就已經是「22400」五碼了，租界電話則同樣都還是五碼，那表示華界的上海電話局推廣電話使用和安裝也不遺餘力。

因為是「一經電話傳喚，隨叫隨到」，連帶客戶的電話設備也變得重要了，所以這次翔生公司還特製堅固新穎的電話聽筒鍍銀掛架贈送，而且服務非常好，只要撥個電話，他們立刻「飭匠前來，妥為裝

置，不取任何費用。」

　　從圖片上看來，雖然已經不是手搖式電話，而是十孔的撥號圓盤的「旋轉式自動話機」，但電話機本身並沒有可掛話筒的裝置，所以當時的話筒都是一旁另有掛架，講究的人家也還另外訂做雕花掛架。當時整個大上海的電話經營只有上海電話公司和上海電話局兩家，前者範圍在公共租界和法租界，由兩界工部局賦予特許經營合同，後者範圍則在華界，隸屬國民政府交通部管轄。

　　在電話使用的前身是從電報開始，清光緒七年（一八八一年）十一月初七，全中國第一條陸地電線從上海通到天津，隔兩年，光緒九年，英國大東電報公司的海底電線從香港延展至吳淞，國際電線電訊也通了。

　　在此之前，上海的報業、商界要得到北京的消息，唯一的方法只

有靠人工傳遞，經過水陸交通，最快也要六、七天才能到達。而歐洲的消息通訊，那就更久了，必得一月一度繞過蘇伊士運河的輪船開到上海碼頭才能帶到。

但是到了一次世界大戰末期，這條海底電線也已經使用將近三十年，時有損壞的情況，消息常常被延擱。剛好那時候無線電傳訊發明成功，國際無線電在上海的第一次傳訊於一九一八年九月二十五日，從法國里昂發電到上海顧家宅電台，此後就解決了海底電線的問題。

上海租界的電話裝置是在電報陸地電線接通的同一年開始，電話用戶只有三百三十八戶，光緒二十四年公共租界納稅人會議通過，由華洋德律風公司（Shanghai Mutual Telephone Company）得到經營特許，這時候用戶也只比十幾年前剛開始的時候多一些，共計三百六十戶。

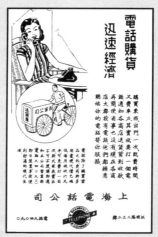

當時的話機，在通電話之前，必須以手搖，先接通所在地的電話接線站，再由電話接線站接到要通的電話號碼，上海人稱為「手搖式口呼話機」，是人工電話接線的時代。直到一九二四年，用戶已經高達兩萬多戶，德律風公司從公共租界東區開始改用旋轉式自動話機，接線站的人工也逐漸汰換成自動接線，電話用戶彼此才能直撥互通。

　　華界則是在光緒二十八年成立上海電話局，由於華界租界的電話不能互通，而主要的商業機構都在租界，華界的用戶因此並沒有明顯增加，一直在幾百人上下，直到一九二五年與華洋德律風公司訂立華租兩界互通電話合同，華界電話用戶才開始明顯增長。

　　一九二八年因為北伐統一全國，上海特別市成立之後，吳淞併入整個上海市，大上海華界包圍了公共租界與法租界，在政府的「大上海計劃」中，除了公路交通的拓展之外，電話電線也必須便利。原本

交通部已經與美國自動電話公司簽訂合同，華界電話要全部改為自動機，並增設電纜和分局機房，因為一二八淞滬戰役，許多處被炸毀破壞，使得華界電話的改善直到一九三三年才告完成，電話用戶也從兩、三千到幾萬，不斷激增。

就在人工與自動轉換幾年之間，雖然用戶不斷增加，德律風公司因此虧損越來越大，最後不得不在一九三〇年八月把全部財產，連同在江西路（今江西中路）二十四號的新建大樓，以一千萬兩的價值賣給上海電話公司，並且在與兩界工部局訂立的合同中，規定新接手公司必須在兩年之內將租界所有電話改裝為自動機。

這項工程非常浩大，因為到了這時候，租界裡的電話用戶已經有三萬兩千八百五十戶，直到一九三二年全部竣工時，電話公司本身的自動接線所就分成七區，共可接用戶電線十一萬。

電話收費辦法本是按機收年費，本埠通話，住宅電話一年收銀五十二兩，商業電話一年收銀七十八兩。也就是說，不論是一天打兩、三百通的大用戶，還是每天只有幾通的小用戶，只要裝了一台電話機（裝機費包含在內，不另收費），就收一台的費用，因為不計次數，也沒有時間的限制，有些商店乾脆也開放讓熟客免費使用電話，或是幾家共同裝一台，或在牆壁鑿一小孔，購買電話線與話機自己安裝分機。

這些流弊也是造成電話公司有所虧損的原因。加上裝置新機和電纜工程的費用都必須轉嫁給用戶分攤，又因為中國政府根據電話臨時合同，收回浦東華界全區電話，收入減少。

一九三三到三五年之間，電話公司屢次以財務即將不能平衡向工部局申請加價，工部局准許從一九三六年三月起實施，住宅每年加收十一兩，商用每年加收二十七兩，結果用戶有憤而拆機不用的，以華洋人口比例看，當然仍是華人用戶千倍多過洋人，其中為數不少的日僑反對也非常激烈。

　　這些用戶中，不少大用戶都是商號、銀行、大藥房、大地產公司，主要繳納費用的人也和租界裡的重要納稅人重疊。所以，在一九三六年的《上海租稅華人重要文件》中，租稅（納稅）華人會從三五年到三六年間，華董虞洽卿（上海租界有條「虞洽卿路」，足見這人事業做得多大）以及王曉籟多次致函工部局，抗議的重點都在預定增加的電話費上。

　　再加上還有另一個國內長途電話的收費問題。由於從上海租界連接到中國各口岸的長途電話，仍須從上海電話公司的接線所，連接到交通部上海電話局的中央接線所的手搖接線機，再將撥號用戶的電話號數，與所欲通話的地點一一記錄下來，以備將來計算收費，之後，接線生才轉接到閘北上海電話局的長途電話接線所，該局接線生又得重複同樣的記錄動作，如果所接地點同樣是交通部電話局的管轄，那麼轉接一次就行了，如果是其他國家的租界地，例如漢口就有漢口的租界工部局，又有漢口在地的電話公司，那麼又必須再次轉接，每多轉接一次，通話聲音就略低一層，發生障礙的機率就更大，時間也格外延長。

因此在長途電話費上就多加了一項轉接費。本埠內的華界租界通話轉接費已經是每次多收五分錢了，長途電話更須計時間計次多收幾角錢。須知上海是大商埠，使用電話往來非常頻繁，對於經商的老闆來説，幾分幾角累積起來都是可觀的，因此爭取取消附加轉接費也是重點。

經過華人會往來函件多方抗議，中西納稅人年會同時通過議案，授權工部局聘請專家做全面的調查，兩位英美人士，一位日人，納稅華人會則延請交通部九省長途電話工程處處長胡瑞祥來參與調查，針對電話公司的營運盈虧、電線電纜鋪設、裝機、用戶等狀況，並且比較英美日各國電話收費，做出最合適的報告與建議。

專家們的建議與電話公司利益的折衷結果，改由次數計費。商用電話每月收費銀幣十元（中國已經廢兩改元，此處的元就是國幣單位計），可以通話一百五十次，時間不限制，每多一次加收三分，每多一條副線每月加銀幣五元。家用電話收費每月六元半，可通話一百次，每多一次同樣多收三分。

似乎本埠與國內電話費解決後，反而根本沒有人提到國際電話電報費的問題，因為通往外洋的電話線，牽涉到全球各國的無線電收發聯繫，就不是上海的納稅人會議能夠爭取的空間了。

一九三八年十一月的一張上海電話公司的廣告，電話的樣式已經和現在我們熟悉的「古董」型話機一樣了，是把聽筒掛在話機機身上，它是「全市的喉舌，在府上或辦公室中裝置電話分機，則安全、便利、秘密、舒適、十全十美，每日不過取費幾分錢而已。」至少一九三六年的裝機數已經到達五萬五千台左右，顯然經調整過的收費取價，還會使得電話用戶越來越普及。

　　換言之，在張愛玲離開上海去香港讀書前，多半的小康家庭都已理所當然裝有電話機，也是為什麼她在小說中運用電話的時空，那麼頻繁又順手的緣故。晚年的張愛玲在幾乎與外界斷絕聯繫的同時，只保留幾位朋友的書信往來，通常這些與她私交不錯的朋友都知道，要打電話和她聯繫，最好先寫信告知，否則，她的電話幾乎是備而不用的。

　　林式同在〈有緣識得張愛玲〉中回憶到的最後一次與張愛玲通話，也幾乎是所有文獻中出現的張愛玲與友人的最後一次通話，談話的內容竟與美術玻璃有關，張愛玲說：「如果用玻璃做首飾一定很漂亮。」她還是愛美的，或者，也因此憶起那幾年在上海與姑姑同住的公寓，在夕陽餘暉的斜映下，透過那扇法式彩色玻璃門，上海的馬路里弄，遠遠近近彎彎曲曲，都沾染了喜滋滋的顏色。

熟煤

　　一九四四年十二月中，某個上海寒冷的冬日，張愛玲第一次穿上皮襖，《苦竹》月刊第二期出刊後，胡蘭成早已西飛武漢去了。她獨自坐在火盆邊，這種不太發煙的上好煤球，現在是越來越貴了。她注視著盆裡悶燃著被灰掩著的一點紅，冷得瘰瘰縮縮的，偶爾碰到鼻尖，冰涼涼的，像隻無辜的小流浪狗。

　　不論電器如何好用，習慣於煤球的人仍然很多，暖氣鍋爐、一般家庭小爐灶、飯館大爐灶，以至冬天取暖用的小火盆，由於用途很廣，一九三〇年中華煤球公司的煤球已經改善到固定炭素有百分之六十左右，灰分只有百分之十一，宣傳上是「質地堅脆、絕無碎屑、生火甚易、火力極強、燃燒性長」，煙和灰也較少，一噸是洋二十四元。

　　到了一九三九年一月，還沒過農曆春節，即將去香港讀書的張愛玲，大概也經常在火盆前取暖吧！只是心中的複雜情緒源於自己年輕，卻不確定的未來。十五日的《新聞報》上有個廣生行冬令護容妙品的廣告，畫著香蜜水、雪花膏、茉莉霜、千日香、燙髮油、美髮霜、生髮油，她也許摸摸冰涼的臉頰，這些東西母親都有，而且是更好的外國牌子。看著看著，她笑了，她不需要生髮霜，其他的東西也不見得需要，她只是單純地愛各種廣告。

　　底下緊貼著的是上海熟煤行的大幅廣告，在商業文明裡，上海報紙的廣告版面是沒有一定的，似乎只要商人出得起價錢，可以隨便指定哪一塊，「閻錫山擁蔣斥汪」的新聞就被擠到「熟煤」的邊角去了。

這種熟煤，比幾年前的蒸氣煤球更能完全燃燒，是從上等煤礦中提去煤氣硫磺，和其他減低火力的雜質，所以有純粹的炭質，燒起來沒有煙，「市上糖果廠、麵包廠、餅乾蛋糕廠、食品店、玻璃廠，以及新式家庭注重經濟衛生者，一律採用熟煤。」大塊每噸國幣四十元，小塊每噸國幣三十六元。這種價錢，看起來是比蒸氣煤球貴多了，那是因為另一方面，上海租界這時已經是孤島，周圍全是日軍，

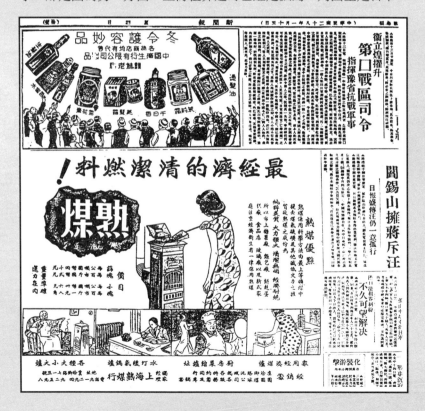

全中國到處都有大大小小的抗日戰爭，雖然孤島裡仍然安全繁華，物價卻上漲許多。

橫著的四格漫畫裡，第一格是一個婦女正用煤爐煮飯，第二格是廚師在菜館的爐灶前，第三格卻是寫字樓辦公室裡，旁邊畫著一座暖氣水汀，最後一格則是大家庭裡的老爺爺坐著看報紙，旁邊是小型暖爐。

通常高級公寓也都安裝有那種管子和鍋爐，和圖中穿著家常無袖長衫的婦女加著熟煤的那種爐有點類似，爐後的管子可以沿著房屋結構安裝，獨棟的花園洋房可以傳熱到每個房間，如果是公寓，也可以傳熱水或熱氣到每一層樓。

這種設備都裝置在房屋最底層，必須有人經常照顧維修。在日軍完全佔領上海之後，趕走各種洋行的外國人，租界不復往日的繁華，物資在軍管之下更貴了，就連熱水汀管子都因為煤塊漲得太貴，廢而不用太久，生鏽了。

張愛玲於是把抱怨列入〈記趣〉中，她說：「如果想放冷水，卻開錯了熱水汀龍頭，立刻便有一種空洞而悽愴的轟隆轟隆之聲從九泉之下發出來。……在戰時香港嚇細了膽子的我，初回上海的時候，每每為之魂飛魄散。」

寫這篇文章的時候，她從香港回上海還不滿兩年，不僅對於港戰死裡逃生的恐怖經驗久久不能忘懷，更不適應日本軍管下的上海，已經不是她昔日熟悉的上海了。

火油

張愛玲在離婚後的母親家看到最新的煤氣灶到底是什麼樣子？從廣告看來，安裝在高級公寓的煤氣灶或火爐也是連帶服務的一部分。

直到日軍完全佔領大上海的四〇年代以前，英商上海自來火公司一直都是當地唯一的煤氣工廠。這家公司是在同治二年（一八六三年）由上海的英商集資組織而成，在蘇州河與衛溝交叉處（租界時期的虞洽卿路、廈門路口，今西藏中路、蘇州河濱），購置約三十畝地作為廠房，花了三年時間埋設總管、接通火錶，在一八六六年開始正式營業。

從同治四年，第一排煤氣燈在公共租界的道路亮起後，光緒初年的葛元煦，在《上海繁昌錄》中曾記載煤氣燈在當時的情況：「英租界製於新閘，法租界製於八仙橋，法用鐵室一，熱煤其中，使氣下達，地中埋粗鐵筒，貫通各處，千條萬派，綿長六七里，如設燈則以小管通之，管口次數小孔，以透煤氣，其氣得火，晝夜不息，盡管口處有機紐旋轉，隨時啟閉，初設僅有路燈，繼即行棧舖面、茶酒戲館，以及住屋，無不用之，火樹銀花，光同白晝，滬上真不夜之天也！」

可見距離《海上花》完成的二、三十年前，上海早已是不夜城。公共租界和法租界直到一九三四年底，雖然因為電燈的普及改裝而不斷拆除煤氣路燈，卻仍然還

有一百九十三支繼續使用。

張愛玲注釋版本的《海上花》第四回，王蓮生那天晚上沒到相好的長三沈小紅那裡，卻到么二張蕙貞處擺四個小碗喫便夜飯，洪善卿找上樓時，只見堂屋當中掛一盞保險燈，映得四壁月洞一般。這一節已經暗示，王蓮生將來會被情勢逼得只好選擇張蕙貞。張愛玲在「保險燈」下按了一個注，解釋是「火油燈」，但「火油燈」到底又是什麼東西？

有趣的是，在《上海繁昌錄》中，「煤氣燈」這條旁邊列的就是「火油燈」，顯然是清末時人並用的東西。這種燈「製法甚精，以白玻璃為罩，光燭一室，近出一種不用燈心，火光四射，與煤氣燈無異，不過以油代氣。其油即地中煤氣管所出者，因其氣少惡，故多不用。」

最後一句的意思是說，火油和煤氣為同一源出，也稱為煤油，只因為氣味有些不好，所以多半的人都安裝煤氣燈，較少人用火油燈。在同治、光緒年間屬於美國洛克菲勒財團旗下的美孚公司，將當時荷屬印尼開採的石油運銷中國，由於中國人根本還不懂火油如何運用，剛開始銷售時非常便宜，每三十斤一箱的火油只售一、兩元，並且附贈火油燈，這是為什麼火油燈在上海漸漸普遍的原因。

上海火油市場一打開，其他洋商也跟進，但火油進口量大到一個程度，商人們都會希望最好在當地能夠擁有火油池，不僅省卻運費，也可就地提煉各種周邊用途產品，像是製造機器油、白臘、蠟燭等等。因此到了一八九二年，德商瑞記洋行在浦東陸家渡地方購地建

造，但是地方住戶一度以有礙田地水利而抗議建造。但是由於預備儲存在其中的火油開採自俄國，由英國人販售給德商洋行，事情牽涉到三個國家的商人和領事，因此一件小小地方上的火油池開闢，就演變成總理各國事務衙門（清廷最高外交單位）得處理的事情。

最後中國官方與各國領事磋商結果，議定章程十條：凡有油船，必須出海洗滌，嚴防滲漏，凡有滲漏礙及飲用水，或有任何不慎導致禍殃居民，如果確實有明白證據，除了賠償外，應立即由地方官員會同該國領事飭令拆毀油池，並且不得再建造。對於已經建造的德商瑞記洋行浦東油池暫行通融，但該商人須先存銀十萬兩於匯豐銀行，算是對當地居民的擔保，如將來油池建造不周密、有損及地方水利時得以立即賠償。但將來他處及其他公司不得援例私設油池，必須由商人先於該國領事處登記，並照會中國關道，查明於地方居民無害之後，由地方官上稟總理各國事務衙門照會各國領事辦理。

在此之後，包括美商美孚公司與後來銷售銀殼牌汽油的德商亞細亞火油公司，在上海建造火油池之前，都依照章程先存放銀十萬兩，由他們各自的領事代為保管，作為賠償預備金與當地居民的保證。

在以汽油發動引擎的汽車進入上海的同時，火油商們為了讓人們更廣泛使用他們的油，也有贈送新發明的火油爐。顧名思義，以火油發火的爐子，上面可以架鍋子炒菜、煮飯、煮點心。不必生火燃煤球，對於主掌廚房的婦女來說，當然幸福方便多了。但是剛開始的幾年，火油爐的架子與連接爐子之間的鋼條有時焊接得不穩，用不到一

年半載就壞了，或是打氣打半天，洋火點了一堆也還著不了火。或是像一種瑞典火油打氣爐廣告上說的：「雜牌質料單薄，焊錫不周，以致時肇漏油之弊，發生危險……」

　　經過一、二十年的改進，到了三〇年代廣告上，火油爐已經都很漂亮，看起來也安全了。一九三一年仍在世界經濟大恐慌中，油價飛漲，德商禮和洋行的「光耀油爐」就特別強調是「省油的」，「依科學原理構造，並經註冊專利，其燈頭並不燃燒，只用以引取油質，使成氣焰，因此用油之少，擔保只及別種油爐之半，加油一品脫四分之一，約計火油十二兩，足燃七小時」，而且「所發清潔之藍色氣焰，燃燒以後，鍋底並不發黑，亦無煙與惡味」，最後解決著火的問題：「不須打氣，或使用酒精等引火手續，君只須擦一火柴，即能著火，發均

匀有力之氣焰，而著火以後又完全自動，不須照料。」

但是從廣告詞上面看得出來，火油打氣爐似乎在上海行之已久，也很多家庭裝了上海自來火公司的煤氣灶或火爐，不過選購火油打氣爐一定要小心，如果每天三餐外加煮點心都要用到，雖然是負責煮飯的僕人們在使用，中上家庭大概也寧可多花幾個錢，買最可靠的外國牌子，或最新型的貨色。

〈創世紀〉裡的瀅珠在外面遇到了愛情挫折後，回到家中心裡正委屈著，不巧又被老奶奶紫微說兩句，索性在床上傷心地大哭了起來，彷彿說好了似的，電燈忽然全滅了，房裡靜默了一會。張愛玲的描述在這裡從瀅珠轉到母親全少奶奶的視角，她高聲叫老媽子，老媽子顯然很有經驗，因為那時候的上海電廠時常供電不穩定，便擎著小油燈上樓來，全少奶奶藉著小油燈的光下到廚房去。

這樣的光芒，顯然比電燈的強亮光柔和多了，廚房裡的瓶瓶罐罐都變得圓滾可愛，一只新的砂鍋也成了淡黃的玉白色。這個家庭裡的每個人對自己的人生，似乎都在經常的不甚滿意，時時也找到有十分滿意的時候。

張愛玲的文字那麼吸引人，也就在於這種不急於分辨善惡好壞的生活描述。在她的少女時代，火油燈也許是在電力不足的時候最方便的電燈取代物，比蠟燭光穩定，也比手電筒亮。在生活裡曾經這麼習慣的東西，就算到了九〇年代晚年的她，在注釋裡寫上「火油燈」，只三個字，下意識裡該是認為任誰都可以了解的吧！

洋火

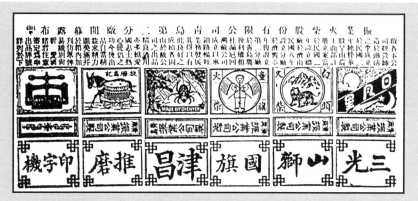

　　在打火機普遍便宜之後，蒐集火柴盒習慣的人也逐漸減少，連帶飯店和高級餐廳在櫃檯旁放置免費火柴盒的習慣也逐漸消失了。火柴盒不像錢幣和郵票，有炒作流通的市場行情，火柴盒上印製的精美圖案，甚至與眾不同的盒子形狀，都連帶著蒐集者的有趣的回憶。現在人們會用到火柴的情況只有在去野外烤肉、露營，那種真正回到「無文明」感覺的時候。

　　不要說張愛玲十幾二十歲生活的年代，就是台灣的六、七○年代，火柴也還是重要的生活消耗用品。

　　中國人懂得火柴的使用，是從同治末年歐洲人進口火柴開始，稱為「洋火」。直到光緒二十二年，日本貨也開始輸入，以來自大阪與神戶的最多，在馬關條約簽訂之後，日商有所依據，於是在華設廠製造。在此之後，才有四川重慶的聚昌火柴公司創立，為華商第一家。

　　至於上海的火柴廠，要到光緒三十年間，漢口燮昌火柴廠到上海設分廠，到民國十五年因為競爭不過歐洲貨與日貨而倒閉。辛亥革命

的前一年，上海浦東陸家渡又有一家熒昌創立，到歐戰爆發後，歐洲火柴幾乎在中國市場銷聲匿跡，華資火柴業才能一家一家冒出頭，但是等到歐戰結束，又開始面臨強大的壓力。

這種壓力來自於製造技術幼稚與資本額不夠大的競爭，直到政府在一九三六年促進火柴同業成立產銷聯營社，在價格與產量品質的管理上才逐漸上軌道。人口眾多的中國自然市場廣大，商人們能有不搶市場的嗎？根據一九三七年中國銀行的統計，在上海的華商廠家就有五十八家、美商兩家、日商有七家。

製造火柴的原料只有木材與藥料兩項，在木材上所用的必須是軟質木，但是像質地太脆的本松，或太軟的楊柳，雖然在中國產地廣大，卻因為容易斷裂，只能製造極便宜的劣級品。另有一種美楊產於吉林安東一帶，木質略黃，質地也太硬，為製造中級品的材料。

而最適合的木材料，如白楊、槿木生長在東三省最多，雖然陝西西北、甘肅中部、四川、河南等地出產也很豐富，卻因為運輸不便利，東三省又被日軍佔領，只好向日本或俄屬西伯利亞進口木材，而且多半透過日商進口，所以木料價錢也多以「日金」計算，每立方公尺約當時的日金五、六角到一元不等。以民國二十三年的匯率來看，國幣對日金在 1：101 到 1：115 之間波動，木料本身算是很便宜的。連帶的幾種藥料，包括塗在火柴盒兩側的燐片和火柴頭，也都必須自德國、日本、美國、瑞典進口，都是桶裝化學藥品，所以算起來，在成本中佔最大的還是運費和稅捐。

在三〇年代最受歡迎的瑞典鳳凰牌和橋牌火柴，據說就是妙在熄滅以後，火柴桿上不復留有火星，不必再一次費力壓滅，那是將火柴桿預先用燐酸阿摩尼亞浸泡過，而且火柴頭內的黏合劑含有一種不溶於水的藥劑成分，就是在黃梅時節也不容易軟化。洋貨在品質上佔上風，價錢上也因為資本足夠而可以全力廉價傾銷，以養成消費者的購買習慣。

　　洋人的資本主義作風很快就被聰明的中國商人學會，不僅僅是自家產品的銷售廣告而已，當年整個上海商圈的商業活動絕對不是單一線條的。在香菸廠最競爭的時期，曾經各有千秋施展銷售手段，紛紛加附各種贈品，十有八九是贈送火柴，連雲飛汽車、天廚味精、明星影片公司都曾委託火柴廠代製專用的精美火柴盒。華商把洋貨拿來與自家貨比對，既然成本壓不下來，就要在品質上盡量做到與洋貨差不多。

　　努力突破技術困難的本國貨，經過仍然十分便宜的上海女工與童工的加工之後，一根根火柴裝入小盒，每十小盒成一包，每一百二十包為一聽，每六聽為一單箱，也有兩百四十包為一聽的，裝六聽則為雙箱，這樣每箱批發市價在四、五十元上下，每聽在四、五元左右。

　　一九三〇年，合併後的大中華火柴廠銷售的雞牌火柴，委託中華煤球公司各分售處經銷，每中包十盒，售銅元八枚，每大包一百二十盒，售大洋七角，每聽一千兩百盒，售大洋七元，只要叫貨一聽以上即有送貨服務。銷售單位既然可以百千計，必定人們購買的習慣也傾

向如此，火油爐、煤氣灶、油燈、用煤球煤塊燒水煮飯的傳統灶、冬天烤火的小火盆，甚至抽菸都需要擦根洋火。

在第一次和范柳原跳舞過後的當天晚上，白流蘇在陽台上摸黑點蚊香，清清楚楚聽著她嫂子罵得她殘花敗柳似的，她「擦亮了洋火，眼看著它燒過去，火紅的小小三角旗，在它自己的風中搖擺著，移，移到她手指邊，她噗的一聲吹滅了它，只剩下一截紅艷的小旗桿，旗桿也枯萎了，垂下灰白蜷曲的鬼影子。」

那小小的鬼影子裡，藏著流蘇六親無依的恨，她只剩下她自己。一九四三年寫這篇〈傾城之戀〉時，張愛玲從未完成的港大學業中回到上海，母親在新加坡戰火中失去聯絡，姑姑工作的怡和洋行在日軍佔領後關門大吉，好不容易硬著頭皮去找的父親，答應給她聖約翰大學的學費，卻沒有給生活費。可憐她一個張御史的後代，生活一樣六親無依，她必須靠著翻譯、寫文章打工過活。

和流蘇一樣，她只剩下她自己，洋火擦亮了流蘇的恨，那小小的火光裡卻有著張愛玲心底的遺憾。

3·電影篇

租界上海裡的電影，因為洋人的關係，外語片非常多，時髦女子除了服裝與打扮之外，像張愛玲母親這樣從外洋留學回國的名媛，甚至看影戲，都可以選擇那種沒有中文字幕的法語片或英語片，而且這種片子還不少。上海的一九二九到一九三一那短短兩、三年間，就是全世界電影業關鍵的轉換期，電影從無聲到有聲，從黑白到彩色，中國的電影公司此起彼落地創立，捧紅了胡蝶和後來自殺的阮玲玉。

怎禁得風兒狂浪

前言

中學時代，張愛玲投稿一張漫畫到英文《大美晚報》，報館給了五塊錢稿費，她並沒有聽從母親的話，把那張五元鈔票留做紀念，而是立刻去買了一枝小號的丹琪唇膏。

上海報紙廣告中，雪花膏、唇膏、蔻丹、香水的廣告畫得最漂亮，也唯有漂亮的廣告才能吸引時髦女性的購買。八歲回到上海生活的張愛玲，應該早已習慣那些化妝品廣告，母親的化妝台，她可能覷著覷著也不知多少回，那上面應該有不少外洋帶回上海的瓶瓶罐罐。

一九二九年十一月，一張雙姝老牌茉莉霜的廣告上畫著兩位女子，左邊的打扮入時，穿著絲袖洋裝，燙過大波浪的短髮，胸前還別著一朵花，像參加晚宴似的。右邊的穿著傳統，高圈領的旗袍，

裡面還一件長袖夾衣，在後腦杓梳個包頭。右邊女子面向左邊女子，旁邊一排字說：「她覺得她的臉上香氣，文雅無比，陣陣送來，沁入心脾，聳著鼻尖，聞個不已。」左邊女子禮貌上雖然不能怎麼表示，但卻把臉轉到一旁，邊上的字幕也寫出她的想法：「她嫌她面部化妝，不用不知敷的何物，在刺鼻的氣味中，始終不敢親近。」

左邊這位時髦女子當然用的是雙姝老牌茉莉霜囉！暗示著化妝品左右女性氣質的紓放，這種表達方式實在像默片，只其中一景的停格，就可以從字幕上得到許多肢體語言背後的訊息。雪花膏的廣告也是兩名穿著洋裝的美女，被風吹得受不了，「怎禁得風兒狂浪，也吹著紅顏，寒風吹面，至易爆拆，女子臉嫩不勝寒，尤多患此，宜用著名之雙姝牌雪花膏，可免此患，且增顏色。」

張愛玲的母親在「風兒狂浪」、「寒風吹面」時，也用雙姝牌茉莉霜或雪花膏的吧！這麼不斷打廣告又有名的牌子。

租界上海裡的電影，因為洋人的關係，外語片非常多，時髦女子除了服裝與打扮之外，像張愛玲母親這樣從外洋留學回國的名媛，甚至看影戲，都可以選擇那種沒有中文字幕的法語片或英語片，而且這種片子還不少。

她母親還在上海的一九二九到一九三一那短短兩、三年間，就是全世界電影業關鍵的轉換期，電影從無聲到有聲，從黑白到彩色，中國的電影公司此起彼落地創立，捧紅了胡蝶和後來自殺的阮玲玉。

風兒狂浪般的電影時潮吹過上海，張愛玲親眼見證影戲院從啪啦啪啦的風扇設備，變成冷暖氣裝置的高級電影院，各種電影雜誌和書刊紛紛出版。母親應該是常帶她去看電影的，她的散文裡還記著一部與母親同看的，關於畫家淒慘生活的電影，還因此哭紅了眼睛。

　　也正是那時候，嘉寶的幾部片子陸續在上海放映，這樣國際知名的影星，張愛玲的母親怎麼可能錯過？於是十歲或十一歲的張愛玲因此認識了終身欽佩的嘉寶，也許她喜愛嘉寶的原因中，還摻雜著母親牽著她的手，走進烏漆的影戲院時那種溫暖，而且混和著母親身上香水或雪花膏的香氣。

　　對十幾歲的張愛玲而言，擁有一枝小號丹琪唇膏的想望和對電影的狂熱是一樣的，女子的身體文化，理所當然是承襲自母親的姿影。

開幕大光明

　　早期老上海人說的影戲院，就是我們口中的電影院。通常影戲院附近會有咖啡廳、跳舞廳，許多影戲院乾脆附設同名的咖啡廳和跳舞廳。

　　到底三〇年代的電影院可以華麗到什麼地步？在〈多少恨〉中，張愛玲一開頭就寫道：「現代的電影院，本是最大眾化的王宮，全部是玻璃，絲絨，仿雲母石的偉大結構。」女主角家茵因為等不到朋友而來不及進場，戲卻已經開始放映。

　　寫這篇小說的時候，張愛玲已經二十七、八歲了，電影和電影院卻在她的成長中有不可磨滅的影響。一九二八年，她才八歲，她的舅舅家，就在卡爾登戲院後頭，卡爾登跳舞場則在戲院前頭。

　　當張愛玲全家從天津回到上海後到舅家拜訪，她看到的卡爾登跳舞場原址已經成為還未開幕的大光明影戲院。為什麼說還未開幕？她在〈對照記〉裡描述的是：「未來的大光明戲院。」但是那張照片裡的五個小蘿蔔頭，都穿著冬天的襖衣褲，顯然是離廣告上大光明影戲院開幕的十二月二十三日時間不遠。

　　租界上海開始有電影院的時間非常早，幾乎與無聲電影技術的發展同步，因為外國人多，也早已是時髦的年輕人休閒娛樂之一。從一九二三到二九年之間，是國人自製默片的黃金時期，造就了許多明星，胡蝶與阮玲玉就是其中的佼佼者。

　　由於越來越多的需要，二〇年代末期，影戲院的開幕忽然如雨後春筍般，一九二八年六月的百星大戲院、大光明戲院，一九二九年八

月的福星戲院、同月開張的巴黎大戲院、九月的光陸大戲院，一九三
〇年幾乎每隔一個月就有一家戲院誕生，一月的蓬萊大戲院、二月的
光華大戲院、三月分才竣工的南京大戲院、八月刷新之後重新開幕的
北京大戲院、十月的明星大戲院、十一月的新光大戲院、十二月的福
安大戲院。

有些戲院只在報上刊出簡單的「開幕宣言」，有些卻廣告放映一場
開幕電影，連帶把戲院的特色描述得詳詳細細，大光明影戲院的廣告
就是這樣，開幕電影的《笑聲鴛影》是歐美默片，旁邊除了介紹劇本
取材、演員、劇情之外，還有電影裡的布景摘要，最後這一項的介紹
是這樣的：「有皇宮貴族院、古代埠頭、大馬戲場、倫敦街道、皇室
堡壘、郡主妝閣、貴家客廳，別有奇特之鐵女刑具，仿自古籍，十分
逼真。」

當時看電影的人，就算對劇情和影星都沒有興趣，看到這種布景
介紹，大概也會很好奇吧！

何況前面影院的七個特點看起來都是空前的，除了地點便利、
裝潢富麗之外，還設有茶室、酒排會室、吸菸室、待候室，「坐息威
宜」，有一千兩百多個座位，有衣著美麗親切周到的中西女郎多人招
待，所用的放映影片機器，是特地從外國運到的最新機種，操作機器
的人已經有十八年的經驗，配光正確、黑白分明、清晰異常。

最特別的，還聘請歐美著名樂師二十一人組成樂隊，這應該是為
了默片劇情特別配合演奏的樂團。在那個年代，歐美各國高級的影戲

院放映默片時，都會以鋼琴、風琴，甚至整個管絃樂團的演奏音樂伴隨映演，而且音樂本身與影片內容、劇情、人物動作也有粗略的吻合，因此，樂師們也必須先看過影片，才能決定演奏什麼樣的音樂。

所以大光明戲院的這條廣告中，才特別強調都是「著名樂師」，如果真的是這樣，這家戲院的確是用心良苦，吸引的光顧者也會是經濟水平較高的一群。日場樓下座位分為洋四角、六角兩種，樓廳都是一元，夜場樓下分為六角、一元兩種，樓廳（包廂）則有一元半、兩元兩種，票價的確比二、三輪影戲院要貴上將近六、七倍至十倍。

這種一等大戲院，放映的都是首輪外國影片，都在英美法租界裡，上門看電影的，除了洋人之外，就是租界裡的有錢華人了。每日放映的場次分為日場和夜場，所謂的日場就是下午三點鐘和五點半鐘兩場，夜場則在晚間九點十五分開始。一天只有三場，五點半到九點十五分的長間隔，是為了體貼時髦的人們吃飯休息的時間。

夜場九點十五分，霓虹上海的夜生活才開始呢！

有吃有頑

看外國名片《海上英雄》，送一包王美金香菸，還可以聽到新劇泰斗王美金女士的登台唱歌。比起大光明戲院，在西藏路、靜安寺路口的福星大戲院，還指明地標是在新世界飯店隔壁，規模顯然小多了，但是同樣熱鬧有趣，裡面的位置是被喜歡影戲的華人填滿的。

在風靡《梁山伯與祝英台》的時候，台北的電影院也是分三種等級的，第一等是設備豪華、座位舒服、有冷氣開放的大戲院。第二等、三等就不同了，尤其第三等，除了有小販在裡頭兜售香菸零嘴之外，滿地都是髒亂的糖果袋子，戲演完了也不清場，外頭賣票口是隨時都可以賣票，反正買的人可以從中場開始看，看完了再從下一場的開頭看起，先知道結局了也不錯。

比張愛玲的大光明戲院早開張三、四個月的福星大戲院，票價只需小洋兩角，應當是當時上海的三等戲院了。那時香菸的牌子多得很，經常廣告的有美麗牌香菸、白龍白香菸，甚至有胡蝶牌香菸、嘉寶牌香菸，似乎取個明星的名字，就先得個好兆頭，可以旺買氣。所以這包王美金香菸大概也是同樣的意思吧！

上海開始有電影院，是二十世紀第一個十年內的事情，一個西班牙人在一九〇三年，帶了一架半舊的電影放映機，與若干卷殘舊的片子，另外僱用幾個印度人，拿著銅鼓和喇叭，每天在福州路昇平茶樓大吹大擂地鬧著，對看客每人收三十文錢，因為新奇玩意兒，頗獲利潤，在後來的虹口戲院院址搭起一座鉛皮影戲院，賺夠了，就在海寧路、北四川路口（今四川北路）建立起維多利亞影戲院，是上海有正

式電影院的開始。

這個西班牙人這麼賺錢，證明了影戲對於上海人們的吸引力和魅力。影戲院在二十世紀的第二個十年內紛紛在上海這個地方冒出頭來，不論外資或華資，建築起來的是兩千人座位的大戲院，還是六、七百人的小戲院，都看準了這種投資是穩賺不賠。

越是小規模的影戲院，招攬客人的花樣也就越多，這個福星大戲院請了一位「新劇泰斗」來，「新劇」指的有別於台子上古裝戲劇的話劇，又稱「文明劇」，早期話劇明星轉入影戲拍片成為影戲明星的不少。

在張愛玲一家子剛搬回上海，母親姑姑又還沒回國之前的幾個月裡，她的安徽老媽子何干空閒時候，不知會不會也帶著才七、八歲的小煐去這種戲院看戲？

兒女英雄

　　張愛玲曾在〈必也正名？〉中提到《兒女英雄傳》裡的安公子，那一段主要說的是安公子無聊到替兩位夫人取別號。但是她提到的武俠小說，大約也僅止於這麼一小段。

　　武俠小說似乎不是她所喜愛的，但是從反面解釋，不是很喜歡的小說類型，能夠在她的散文中佔下一整段，也實在難得了，表示這部書大約也還有什麼令她印象深刻的記憶。實際上，張愛玲與上海的俗文化是不可分的，她喜歡聽無線電裡播放的申曲，喜歡看小報、喜歡蹦蹦戲。

　　像《兒女英雄傳》這種戲，大概從上海有戲台子以來，就有各種形式的演出，後來有了無線電，更有彈詞唱本播出，大約和孟麗君女扮男裝的《再生緣》同樣，觀眾聽眾總是百般不厭膩。

　　一九三八年，上海租界已經成為日軍包圍的孤島，國民政府在一九三二年，以國難當頭禁止拍攝武俠神怪片的命令不再被遵守，這部顧蘭君主演的《兒女英雄傳》，重新讓十三妹在螢幕上獨破能仁寺，「身輕如燕、一身是膽，殺得兇！打得狠！苦得足！艷得透！」有如此俠義佳人，卻與常常被暗算的安公子始終若即若離。

　　張愛玲這年十八歲，正在準備倫敦大學遠東區入學考試，對於上海成為孤島可能沒有什麼感覺，因為租界裡每日所需的物資、電影娛樂、各百貨公司、小販都還很正常地運作著。如果因為喜愛顧蘭君的關係，她注意到這部片子，說不定因此想起已經回安徽養老的何干，或回想到八歲以前，何干給她說的一些故事、帶她去戲台子看過的

戲。

是了，就在她八歲那年，上海正燒起武俠熱。中國第一部道地的武俠片是張石川導演的《火燒紅蓮寺》，是由本名向凱然的平江不肖生所寫的《江湖奇俠傳》改編而成，胡蝶飾演紅姑，一九二八年五月上演第一集，大為轟動，在六、七月張愛玲全家回到上海的前後，已經上演到第五集。

這部小說於一九二二年起在《紅》雜誌上（就是後來的《紅玫瑰》雜誌）邊連載邊出書，直到二八年全書一百三十回才全部完成。其實向凱然只寫了九十五回，據說就回湖南辦武術館去了，後三十五回是別人續作。張愛玲沒有在散文裡說過《江湖奇俠傳》，卻提到同一位作者一九一四年所寫的《留東外史》，那是她父親蒐藏的書籍之一。

《火燒紅蓮寺》是《江湖奇俠傳》中開打得最熾烈火辣的一段，故事內容描述座落在長沙附近的紅蓮寺，住持和尚根本是披著羊皮的狼，姦盜擄掠無惡不作的大魔頭，俠客們聯合官兵前往破陣，但是和尚武藝高強，總是能在最後關頭逃脫，戲台

中央大戲院

今日起連映連三天

明星影片公司第五十八次出品

張石川導演

鄭秋蝶佩胡珍志遠譚

四大明星足演

五集火燒紅蓮寺

THE UNCONQUERABLE

口觀眾所熱望的影片

▲今日又公映了

版本就這麼一本一本一直演下去。

　　明星公司的這部電影從二八年到三二年，一共拍攝了十八集，集集精采，以至於《火燒紅蓮寺》幾乎快要成為《江湖奇俠傳》代名，武俠小說與武俠片也從此大為盛行。在《江湖奇俠傳》之後完成的顧明道的《荒江女俠》，不久也拍成電影，並且連續拍了十三集，廣告上稱為「俠義香豔機關片」。同時由范雪朋主演的《兒女英雄傳》，更毫不遜色地讓十三妹連續大破某某庵、某某寺，至少二九年六月已經上演到第三集。

　　張愛玲沒有在文章中提到過《荒江女俠》，也可能對這本書完全沒有印象，可是卻扎扎實實地在〈詩與胡說〉中罵過顧明道，用的文字比描述安公子要多幾行，而且罵得十分狠辣，她寫道：「聽說顧明道

死了，我非常高興，理由很簡單，因為他的小說寫得不好。」那時她二十二歲，正和胡蘭成熱戀中，文中所指的小說是《明日天涯》，在《新聞報》上連載時，她和最要好的三表姐黃家漪才十幾歲。

一九三八年前後，顧明道寫武俠傳奇人物的《虎嘯龍吟錄》又與張恨水的長篇《夜深沉》一起連載於《新聞報》副刊上，可能兩個女孩子也是「一面嘰咕一面望下看」的吧！遍讀張愛玲的小說散文，武俠小說在她的生命中似乎沒有什麼痕跡，但是從她弟弟張子靜的回憶卻可以看到一點端倪。

八、九歲的小煐與表姊妹們組成娘子軍與男生鬥智打仗時，不但指揮若定，還穩操勝算。大概還放話說些「守好山寨」什麼什麼的，要不就是「放馬過來」云云。這麼看來，紅姑或十三妹甚至某某女俠，在那個年代的上海，大約也不是白白火燒過的吧！

聽得見

在默片風行的幾年內，美國的華納影片公司首先於一九二六年拍攝有聲電影，四、五個月後，上海的百星戲院就進口有聲短片幾套，還把放映機、影片和擴音器材陳列給觀眾參觀。

上海第一家裝設有聲電影設備的是夏令配克影戲院，老闆也是最初創立維多利亞影戲院的西班牙人。這種開先鋒的事情，時機如果不對，總會有些虧損。剛開始的有聲短片不過是引人好奇，並不是因為故事劇情吸引人，當好奇過後，人潮也退了。

但是機械的研發進步是迅速嚇人的，到底無聲影片抵不過有聲世界，真正的有聲長片終於克服許多困難，在美國風行之後，很快傳染到全世界。上海是一塊隨時吸收世界資訊的地方，歐美各國有什麼新

奇的玩意兒，如果在上海找不到，大概就不叫做上海了。

一九二九年九月初，有兩家戲院分別在《新聞報》、《申報》都刊登了廣告。由遠東游藝公司接辦的光陸大戲院重新開幕，七日放映的開幕電影是美國偵探片《舞女血案》，還特別用大字強調「聽得見」、「看得見」。電影得「看得見」當然是廢話，但是「聽得見」就與上面的一行字：「添置暮美通、維太風有聲電影機器。」有關係了。

無獨有偶的，一九二八才開幕的大光明影戲院也改裝了，用「影戲界之大革命，大光明大放光明」來詮釋有聲影戲的開映，在一大篇宣言中，強調以重金向美國購買最新式的慕維通與維他風有聲機兩座，與光陸戲院引進的機器顯然只是譯字不同而已。

這是同時配合影業製作有聲片的結果。像一九三一年友聯影片公司出品有聲歌唱對白的《虞美人》，錄製過程耗時兩年，裡面的〈芳草美人曲〉不但灌成唱片，還同時在無線電台播出。由於各公司出品的影片發聲製作系統不同，通常大的影戲院兩種不同的有聲機座都必須購置。

例如，在陸光戲院放映有聲片的四日前，大光明影戲院放映的片子是華納公司以維他風製作的《可歌可泣》（洋片），並且在正片前加映福斯公司以慕維通製作的新聞片《蔣介石主席演說》，從此正片前加映新聞片逐漸變得普及各影戲院，一方面政府收到宣傳效果，另一方面，新聞片多有上海以外戰事或新聞時事的相關內容，在只有無線電的時代，也飽足人們的好奇和關心。

翻成什麼什麼「通」，是來自英文字尾的「tone」，翻成什麼什麼「風」，則來自英文字尾的「phone」。裝置這種機器工程浩大，費時需一個月，還請外國電機工程師特地來上海裝修。

　　當時這種機器相當昂貴，並不是每一家戲院都花得起這種錢，對於中小型的二、三輪影戲院而言，就是一種負擔，更何況要兩種機器都裝。得等到隔年上海華威貿易公司製造了國產的「四達通」發音機之後，才解決了那些中小型戲院的問題。但是品質當然也有些差距了，有時螢幕上的人已經轉身走了，觀眾才聽到剛剛主角該說的一句話。所以喜歡看電影的人，總覺得外國片實在比國產片強多了。

　　當時一流的電影院都在租界內，例如：大光明戲院、南京戲院、國泰戲院、大上海戲院，而且多放映外片。既然張愛玲早就習慣大光明戲院和國泰戲院這種一流電影院，當然一九四○年左右在香港讀書時，某次與炎櫻同赴一個印度帕西人的電影約，就一定無法忍受那種便宜的三流電影院座位。

米老鼠與白雪公主

買一管李施德霖牙膏，送一只米老鼠面具！

原來「李施德霖」在三〇年代就出現了，看到米老鼠，感覺就更親切了，到底上海不愧為中國現代消費文明的前趨。

米老鼠是華德狄斯耐公司在一九二八年推出的短片《蒸氣船威利》的主角，受到全世界小朋友的歡迎。當時上海影戲院播放電影前，通常會先有十到十五分鐘的新聞片，內容多半與時局有關，接著就是卡通短片，以滿足跟著大人進影戲院的小朋友，然後才開始放映正片。

但是逐漸地，卡通片也有了獨立的場次，看看談瑛演的鬼片《冷月詩魂》，那麼大的整版廣告左上角，早晨九點、十點半共有兩場五彩卡通滑稽短片，與下午兩點半、五點半的日場戲區隔開了，看五彩卡通片還贈送秀蘭・鄧波兒的五彩十寸大照片，顧蘭君演的偵探片《珍珠衫》的中央，則闢了一格小框框，也是早晨十點半公映全部十大本的五彩米老鼠。

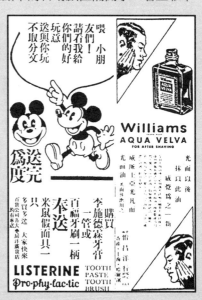

從童星開始演藝的秀蘭・鄧波兒長得甜美可愛，她的影片上映都是高票房，廣受上海孩子們甚至青少年的喜愛，三〇年代許多電影雜誌的促銷，往往都贈送國內外明星的照片，外國明星中以秀蘭・鄧

波兒的照片與各種商品、電影廣告結合的程度看，她應該是除了卡通影片之外，最受小朋友們歡迎的了。

但卡通片並不是原本就著了五彩，最早的米老鼠當然是黑白的，到了三〇年代初，華德狄斯耐公司開始製作五彩卡通短片後，那位米老鼠才上了五彩。這些變化，在張愛玲來說是耳熟能詳的，她是那麼喜歡看電影，當然也是從小看卡通長大的人了。所以她在高三畢業前在校刊上寫的〈論卡通畫之前途〉，也就能侃侃而談：「卡通畫這名詞，在中國只有十年以下的歷史……」

直到一九三七，全世界的第一部卡通長片《白雪公主》由華德狄斯耐公司推出之後，次年上海的觀眾也看到了，並且家喻戶曉到了出現一種稱為「白雪公主」牌的香菸，菸盒子上畫著白雪公主與七矮人，

同時每包香菸中還有各種不同的贈品券，得到哪種贈品得看運氣了。

　　贈品包括永安公司的禮券、衣服禮券、獎券，白雪公主與七矮人的立像、熱水瓶、洋娃娃、被單、水杯、毛巾等等相關白雪公主的產品，擺明了就是「挾小孩以令大人」買香菸。如果有那種只要印著白雪公主，就什麼都要的小孩，買一包送一張兌換券，家長不就得不斷地買這種牌子的香菸。到底是誰想出的賊點子？上海商人真是無所不用其極！

　　那一年喜歡卡通的張愛玲已經不是個孩子了，她十八歲，才從陰暗的父親家逃出來不到一年，心頭的傷口還未痊癒，正為了準備倫敦大學的遠東區考試而補習英文，也許她看到《白雪公主》上映的電影廣告，還是會邀三表姐一起去看吧！

　　聖瑪莉亞女校校刊上的那篇論說，預見了將來的卡通絕不僅止於滑稽逗笑，或討小朋友歡心而已，還會有歷史卡通、科學卡通等等，其中蘊藏著人生智慧。令人想到九〇年代初的好萊塢卡通《美國鼠譚》和日本卡通《螢火蟲之墓》，但是那時候，七十歲左右的張愛玲，大概對卡通早已沒有興趣了。

阮玲玉開口第一聲

　　當外國的有聲電影進入上海後，上海的電影業者也開始蠢蠢欲動，但是要有全部的對白發聲還不可能，那需要影業者花下大筆的投資購買外國的片上發音設備。當時多半的業者還在搖擺不定，從許多電影雜誌上都可以看到，從二○年代末到三○年這兩、三年之間，電影業者、工作者、評論者對於有聲電影到底會成為將來的趨勢，取代無聲電影，還是只不過是曇花一現，都有很大的疑惑。

　　在長片中首次引進聲音，一般都說是美國華納兄弟在一九二七年推出的《The Jazz Singer》，雖然中國影業工作人員也和國外影評人有差不多的憂慮，怕那些冗長的對白會破壞原本默片優美流暢的運鏡，但還是勇敢地嘗試了。

　　他們先讓演員在影片裡頭唱歌，一九三○年九月的《野草閒花》，是阮玲玉演了那麼多默片之後，在影片上第一次開口，所以廣告上才會說是「第一聲」，也是中國第一部以蠟盤配音製作的有聲長片。她與

金焰配的〈尋兄詞〉，是中國第一支電影主題曲，與其中的音樂，都由大中華唱片公司同時發行唱片。

　　最早的電影發聲是以蠟盤發音，早在一八九四年（光緒十年），美國的發明家愛迪生就在研究製造一種卡尼托風（kinetophone），這種蠟盤配音的有聲片，在一九一四年被運到上海，在維多利亞影戲院公映過一次，看戲票價很貴，是洋銀兩元，當時愛迪生被報紙和宣傳寫作「伊地臣」，十幾年後，上海報紙稱愛迪生都寫作「安迪生」。

　　蠟盤配音製作上簡單，成本也很低，在美國開發時方便了由拍片人掌控片中音樂的配合，並且減少戲院請樂隊或樂師的費用，但是音質模糊。同時AT&T和西方電子公司一直在錄音機器、揚聲機、擴音器方面做研發，發明了唱片錄音，先把片中所需要的音樂、對白和歌曲灌到唱片裡，拍戲時再放唱片，演員聽著唱片說話演戲，音質不錯，但是缺點很明顯，就是放映時常常有影音不能配合的現象。

　　有聲片的黑暗摸索期很短，大概只有一、兩年，明星、天一、聯華當時上海的三大影業公司就分別都進入最進步的片上發聲製作了。像一九三二年明星公司推出的《舊時京華》是四達通（startone）片上發音，天一的《上海小姐韓繡雯》則是幕維通片上發音，而且是全部有聲故事長片，電影廣告上還要說明片中歌曲是誰唱的，由哪家唱片

公司出版發行，因為電影而帶動片中歌曲的流布，「繪聲繪影、唱作俱佳」成為初期有聲片最動人的廣告詞。

換言之，中國人有所謂的「流行歌曲」，是從有聲電影開始，那些電影明星也都順帶成為著名的歌星，像後來自殺的周璇，就擁有張愛玲所說的「小妹妹狂」，那種細聲細氣的歌聲，歷經多少歲月，彷彿仍綽約梭流在上海如夢似幻的螢光霓虹之間。

紅牡丹

　　比阮玲玉稍晚一點，一九三一年二月，胡蝶也在片上開口了。《歌女紅牡丹》是明星公司的導演張石川第一次的有聲片，可不是只有其中唱歌的部分，而是全部的有聲對白。

　　故事內容是說，有個歌女名為紅牡丹，嫁了個無賴先生，在她美貌有名氣的時候，賺的錢也還不夠他花用，後來她的聲音啞了，在歌場中淪為三、四等配角，受人嘲笑又生活潦倒，丈夫殺人坐牢，她卻既往不咎地到處奔走營救，終於感動丈夫，使他改邪歸正。

　　在當時的報紙作業的編制中，還沒有「影視記者」這種稱謂和職業，電影往往都是先有拍攝竣工的半版廣告，然後才有在哪家影戲院上映的廣告，當然竣工廣告也有招徠各地影戲院購片的意思。這部片子掛名的著作者有四十餘位，其中包括嚴獨鶴、周瘦鵑、鄭正秋、洪

深、姚蘇鳳等著名的作家及電影編劇，在二月十六日刊登竣工廣告，三月十四日才出現新光大戲院的「明日首映」。

後來與幾家電影雜誌的創辦都有關係的周劍雲，編輯這次的《歌女紅牡丹》特刊，同時在戲院販售，封面是彩色的胡蝶旗袍裝照片，裡面有銅版紙印刷的圖片四十幅，文稿五十篇，共一百頁，售價四角洋錢。

當時三大影片公司之間，存著某種微妙的競爭，可能是〈尋兄詞〉先在《野草閒花》裡被聯華公司先聲奪人，明星公司居然在廣告的「附啟」中說道：「蓋有聲片，舶來已多，中國聲片，不製則已，製必不當自欺欺人，成績良好，方可公映，成績不良則寧願犧牲……」

這部影片用的是國人自製的「百明風」蠟盤配音系統，的確花費了許多時間、金錢上的「犧牲」，在技術上一再重複實驗錄製，加上工作人員全都沒有拍攝有聲片的經驗，費時五、六個月，就是讓《野草閒花》搶先了的幾個月。

這一年張愛玲十一歲，母親早已請外國執業律師與父親辦理離婚，與姑姑搬出去，另租一棟高級公寓。張愛玲因為住校，回家的時間雖然很短，老想往母親姑姑住的地方跑，因為那裡比父親家摩登太多。母親既然希望她成為淑女，一定也常帶她去看外國片，大光明、卡爾登、國泰、新光、光陸、巴黎、明珠、光華等影戲院多有上映，也就是廣告中所說的「舶來已多」。

上海因洋人多，有些外片根本沒有中文字幕，多半是英國片、美

國片、法國片，其他歐洲片較少，十一歲的張愛玲，英文程度已經好到可以聽懂看懂的程度了麼？或者，她反而更喜歡在摸索階段的國產有聲片？

要等到一九三七年淞滬戰役之後，日本人數在虹口大量增加，上海租界成為孤島之後，德國片和日本片才多起來，但仍以英美法為主，直到一九四一年珍珠港事變之後，香港戰役直接導致張愛玲失學，從香港回到完全淪陷的上海時，不僅與英美資、法資有關的洋行都被迫關閉，上海滿街的戲院也都已經不能放映「敵國」的片子了。

屆時，「舶來」意指的是頻繁的德國片、日本片，間或有義大利片、奧地利片，難怪二十幾歲的張愛玲會注意到日本電影，幾次寫入散文中，但是她寫得最多的仍是從小看了許多的國產片。

花自飄零水自流

張愛玲十五歲的時候，上海租界已經是霓虹燈遍布，社會新聞裡燈紅酒綠的妓女打架、偷抱小孩、少女失足的故事多得很。一九三三年被國民黨控告舞弊貪污的招商局長李國杰，因不服，重新向江蘇高等法院上訴之後，又向南京高等法院再次上訴。後來因生病在上海醫院治療，仍於一九三五年三月，在上海地方法院開庭，但是四年後他並非病死，仍然是被暗殺身亡。

這個人，張愛玲姐弟稱為大伯伯，是李鴻章的長孫，他的三弟李國煦殘廢，其夫人被愛玲姐弟稱為三媽媽，是〈金鎖記〉裡的主角。李家有說不完的故事，整個大上海卻有看不盡的真實人生。

就在李國杰的大名之下，出現斗大阮玲玉的名字，當年二十六歲的阮玲玉，被前夫張達民控告偽造文書、侵占竊盜財產。三月七日這一天已經有大篇幅新聞報導開庭的事，因法院開庭就在第二天的國際婦女節。

上海人天生有喜歡看熱鬧的習性，已經有影迷在六日上午到法院領旁聽券，遭報到處職員以法院非戲院為理由拒絕，為了維持秩序，法院如臨大敵，還特地請法國籍警員督率法警，預備到時候有充足的警力驗收旁聽券，並嚴格摒退無券者。

沒想到第二天阮玲玉並沒有出現在擁擠的法院，而是被送到醫院，於八日下午六點三十八分氣絕。阮玲玉在七日晚上十一點多，還在聯華製片場中與朋友們暢談，聚餐宵夜，到十二點多才回到家，那時四十一歲的唐季珊已經睡著了，阮玲玉還與母親談論第二天開庭的事，應該有九成九可以勝訴。因實際上阮玲玉早在兩年前與張達民達成離婚協議，每個月還付給張一百洋元，與唐季珊也是正式結婚，只是懼怕開庭時的眾多旁聽輿論，張達民就是抓住阮玲玉愛面子、怕上法庭的弱點，多所要脅敲詐。

對於張達民的屢次要脅，從百元到千元到萬元，最要命的，上海許多小報喜歡寫些言過其實的「熱鬧緋聞」，阮玲玉早已十分氣憤，曾說過：「我今生雖不願與他對簿公堂，死後必化為厲鬼索命！」但當時在一旁聽著的朋友並沒有聯想到她將自殺。

這並不是阮玲玉第一次服毒自殺。一九三四年拍攝《新女性》時，阮玲玉飾演一位女作家，因為受到迫害而自殺。在自殺的片段，螢幕上是她臉部的特寫，在吞下一片片安眠藥之後，眼神流露出錯綜複雜的變化，是一個自殺者在生死關頭矛盾的心情，對於生的渴望，對於死的畏懼，和對於世間不平的憤怒與悲哀。

她曾對同事説，因為自己也有過類似的經驗，只是「沒有死成」，大約指的就是第一次服毒被救。《新女性》在一九三五年二月上映，導演是羅明佑，距離她真正自殺只有幾個月的時間。

　　那次「沒有死成」的自殺，在一被家人發現後，立刻送往北四川路日人經營的福民醫院，因為是白天，立刻診治得救。這次卻是在半夜，仍送到福民醫院，卻沒有醫生留院應付急診，一時之間找不到設備完善的醫院，只好到一間私人診所，並且電請另兩位醫師過來。阮玲玉這時已經在深深的昏睡中，臉上脂粉猶新，纖纖十指因塗了蔻丹，殷紅欲滴，一點也沒有痛苦的樣子。

　　醫師們以當時最新的方法施救，每隔十五分鐘注射一次，並且洗胃灌腸，阮玲玉曾甦醒過幾次，但是眼神呆滯，旋又昏迷，直到天大亮再送往中西療養院，施以人工呼吸，並輸送氧氣，還裸體浸入熱水盆中，最後仍因救治過遲，毒性深入神經系統而回天乏術。

　　阮玲玉是一位多產明星，默片時期的《桃花泣血記》、《玉堂春》；描述一九三〇年以軍閥權鬥為背景的《故都春夢》、《野草閒花》；描述一個少女兩度出家兩度還俗的《香雪海》；一九三三年描述失業女工墮落故事的《城市之夜》；一九三四年的《人生》；一九三四年描述妓女悲慘生活的《神女》。

　　她的演技精湛，被喻為「中國的嘉寶」。最後一部作品《國風》在去世前完成，是振奮勵志片，她在片中飾演一位宣傳新生活運動的女豪傑，行事作風「宜嗔宜喜」，這部遺作放映時，早已舉行過葬禮，螢

幕上的她卻依然美麗生動。似乎越精緻完美的人物，就越容易走上絕路，像易碎的水晶，後來的《江山美人》林黛，和飾演祝英台的樂蒂，也都走上同樣的不歸路。

阮玲玉在遺書上寫道：「唉，那有什麼法子想呢？想之又想，惟有一死了之罷！唉，我一死何足惜，不過還是怕人言可畏、人言可畏罷了……」

「人言可畏」，這四個字從此標誌著另一種激情奇情色彩。上海的各種娛樂場戲台子編劇和無線電彈詞作者都非常之快手，過不了十幾天，各大戲場都各顯神通，榮記共舞台、新新花園劇場、先施樂園劇場分別演出名稱有：《玲玉香消記》、《阮玲玉自殺》、《阮玲玉厭世記》，共舞台還強調是「新排上海實事，影壇慘劇」、「積極籌備寫實布景，已經取得正確事實，全部劇本行將脫稿，全體動員日夜進行，最近期內開始公演，與眾不同驚人發現」，對於觀眾影迷的好奇心簡直是百分百的一針見血！那張廣告下面還有張愛玲喜愛的蹦蹦戲廣告。

就在阮玲玉服毒的前兩天，上海大明虹光電器公司承建的一座高四十尺的霓虹燈塔落成，是由與國民政府相關的「新生活促進會」出錢建造，造價千餘洋元，在六日下午五時五十一分正式放光，塔頂並有新生活徽章一枚，下面有大煞風景的兩行警句：「實行新生活，革除壞習慣。」

那時候，百貨公司、商店早已用霓虹燈取代傳統的布條或木板市招。一九二九年，張愛玲九歲，母親剛剛回到上海，美商麗安電器公

司就在倍開爾路（今虹口惠民路）開設製造霓虹燈的工廠，從此製造霓虹燈的外商廠家一一開設，因為裝設霓虹燈必須安裝電氣變壓器，每具花費高達兩、三百洋元，所以一般小商店裝設的很少，但是永安公司的天韻樓、先施樂園、新新花園、美麗娛樂從來都是上海的指標，這些霓虹燈閃爍著的屋頂在夜裡光耀四射。

直到一九三〇年初，上海的霓虹燈廠外商華商在內，甚至增加到四十餘家，上海街頭沒有哪家大一點的商店娛樂場所不用霓虹燈的。十幾歲的張愛玲，從姑姑母親公寓的陽台上看過去，夜晚的大上海是一片閃亮亮的燈海。阮玲玉辭世，標示著「實行新生活」的霓虹塔仍然夜夜炫爛奪目，夜上海的歌舞喧囂只有增無減，也沒有人因此而「革除壞習慣」，或不再紙醉金迷。

啼笑因緣

一八九五年甲午戰爭後台灣被割讓，胡適的父親胡傳因為之前奉調台灣，這時只得內渡回家鄉，途中在廈門病死，這一年胡適四歲，張愛玲的父親、母親及舅舅才剛出世，她祖父曾經幫過胡傳的忙，兩家是張愛玲不太清楚的世交。

另有兩個這一年出生的名人——張恨水和周瘦鵑。後者和張愛玲母親娘家親戚黃園主人岳淵老人友好，將來二十二歲的張愛玲初試啼聲的〈第一爐香〉、〈第二爐香〉，就因此在周瘦鵑主編的《紫羅蘭副刊》上刊出。

年分這樣牽扯在一起，很像《紅樓夢》裡說的：「待這一干風流孽鬼下世……」

周瘦鵑是提攜者，張恨水卻是張愛玲最喜愛的作者。張恨水一生所作的白話章回體長篇小說約有一百多部，一九二九年以前完成了《春明外史》，在北平《世界晚報》的連載，那時上海人還不知道有張恨水這一號人物。他的第二部作品《金粉世家》從一九二七年二月起在《世界日報》連載，一九三〇年由於嚴獨鶴的邀請，在上海《新聞報》的「快活林」副刊上連載《啼笑因緣》，從此轟動整個大上海，那同時，《金粉世家》也還沒有連載完。

他寫作這種章回小說，往往都是這樣幾個故事一起進行，幾處地方同時連載，又還同時兼有編報紙的工作，真是可怕的精力旺盛。《啼笑因緣》在報上從三月刊載到十一月告一段落，因為反應太好了，張恨水又寫《啼笑因緣續集》繼續連載，直到一九三三年才結束。

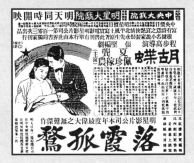

《落霞孤鶩》與《啼笑因緣》幾乎同時完成，於一九三一年十一月出版，全部共四冊，三十萬字，卻先拍成電影，於一九三二年四月上映，比《啼笑因緣》的電影早了兩個月。由程步高導演，胡蝶主演，是無聲片。

同時張恨水的《啼笑因緣續集》還沒連載完，就被陸續改編為電影、舞台劇、無線電台的彈詞，一部二部三部地一直下去，人們也看得聽得樂此不疲。

一九三二年六月，南京大戲院正式上映《啼笑因緣》，由嚴獨鶴編劇（這個人也是能一手編報紙，一手搞電影劇本！），張石川導演，胡蝶與鄭小秋主演，是明星公司第一次嘗試五彩影片的拍攝，也是中國第一部五彩有聲電影。

其實在外國早於一九一〇年就已出現全色性電影膠片，可是初期的這種膠片既昂貴，還要「趁新鮮」，不立即使用就會壞掉，品質也比較不穩定。後來柯達公司研發出更穩定便宜的膠片，從二〇年代末，好萊塢很多片廠都開始使用，很快的也傳入上海。

這張半版廣告上的「南京大戲院」字樣上還滴下許多冰柱，

原來戲院老闆不惜鉅資，設置了「人造空機，倡遠東之先例，以科學方法使院內溫度適宜，合乎衛生」，後來的許多戲院都學他們，只要有冷氣開放，就在戲院字樣畫上許多冰柱。人造空機大約就是現在的冷氣機，反而是原本豪華的大光明戲院，卻成為缺乏新設備的舊影戲院。

　　大光明影戲院在一九三一年十一月起輟業，由新主人英籍華人盧根投下百萬資金，在原址拆舊建新，花了將近一年餘時間，建立起上海空前完美的電影院，才有全新的冷氣空調，一九三三年六月十四日晚上九點十五分，以米高梅出品的《熱血雄心》，做為全新裝潢啟繡帷幕的第一部片子。

　　這一年張愛玲十三歲，她在〈對照記〉裡說到的「未來的大光明戲院」，有可能是一九二八年底即將開幕的大光明影戲院，但更可能的是這個一九三三年重新開幕的大光明，因為正值她喜愛電影而記憶鮮明的少女時代。

　　一九三〇年代的電影、戲院設備，就像今天電腦發展的速度一樣，前浪還不及衝上岸，後浪已經快要淹沒前浪了，當然是越晚購置的設備越新穎方便，可是得晚到什麼時機投下資金，又得早在什麼時候可以抓到商機，全都煞費腦筋，似乎人們永遠趕不上機械發明的速度。

　　這個廣告在三二年六月二十六日刊出，四天後卻出現大華電影公司的顧無為的啟事，為了小說的電影攝製權與明星公司打官司。實際

上這個官司在前一年早已打得糾纏不清了。

　　一九三一年十一月明星公司、三友書社和張恨水本人的律師代表，曾為《啼笑因緣》的電影攝製及專有公演權，在各報頭版刊登聯合宣言，敬告各界人士，並駁斥顧無為。大概這場官司最後還是明星公司勝訴吧 ?! 後來明星為《啼笑因緣》一口氣拍攝了六集，從三二年六月到翌年初陸續上映，但叫好不叫座，票房收入並不如預期中的理想，可能是戲台和無線電台都同時上演的關係。

　　張愛玲這一年十二歲，初中二年級，母親已經又離開上海到歐洲去，她家因為訂閱《新聞報》，應該在《啼笑因緣》一開始連載時就看到了，然後像所有的上海人一樣著迷，以至於未來，不論張恨水寫多少部作品，她一定每出一部就讀一部，那時候的父親還是愛讀愛買小說的，她只說過《醒世姻緣》是「破例」向父親要四塊錢買的，可見張恨水的小說，就是從父親處讀到的。

　　她又那麼喜歡看電影，張恨水的作品改編的電影，她會是和誰一起去看的？聖瑪莉亞女校是住校制，那麼她只有放假回家時才能去看電影吧！同學嗎？寫《若馨》的張如謹是高中時代才要好起來的。還是姑姑？最要好的三表姐？或是獨自進去電影院，散場時讓父親的車夫算好時間到門口接？

　　張家大小姐的生活，大概最後一種最有可能。她在黑暗裡獨自感受著音聲幻影中的悲喜愛樂，以致於反倒忘記了黑暗與孤獨。

十、風

這部電影只上演三、四天就下片了。

但是一部國片上演三、四天之後換檔，到二輪、三輪影戲院再演，在三〇年代的上海是很正常的，如果沒有人提到它，也許早已湮沒在浩浩歷史煙雲中！只是這部由吳村編劇導演，談瑛、高占非、袁叢美領銜主演的電影廣告，於一九三四年的四月三日這一天，在杭州被一個初中三年級女生看到了。

這個女生就是張愛玲。

「春風孃娜，春風拂面，春風蕩漾，春風得意。狂歡竟夜的園會，窮奢極慾的享受，紙醉金迷的行樂，醇酒婦人的陶醉──風，把他們毀滅了！」

是典型上海都會電影的廣告詞。到底是什麼樣的電影內容已經不重要，張愛玲喜歡談瑛演的戲，再加上當她看到廣告時，正在杭州後母的親戚家。後母在今年大過年後不久才嫁入張家，為了討好這位前妻的女兒，特地帶了兩箱子嫁前衣來送她。這位後母在家中大概也是個不值錢的庶出女兒吧，也許那些是她最好的衣服了。

沒想到張愛玲從沒穿過別人穿剩的衣服，也從來沒有人敢這麼對待張家大小姐，先這樣得罪了她。〈對照記〉裡有許多張到杭州遊玩的照片，那是愛玲的母親姑姑帶他們去的，所以這次後母好心帶他們到杭州玩，是不是又犯了另一個忌諱？

這兩、三個因素加起來，導致張愛玲一到杭州，翻開報紙看見談瑛的《風》，立刻與弟弟堅持一定趕回上海看電影，讓後母在親戚姊妹前大大地難堪，往後，她姊弟倆，也別想後母能有好臉色了。

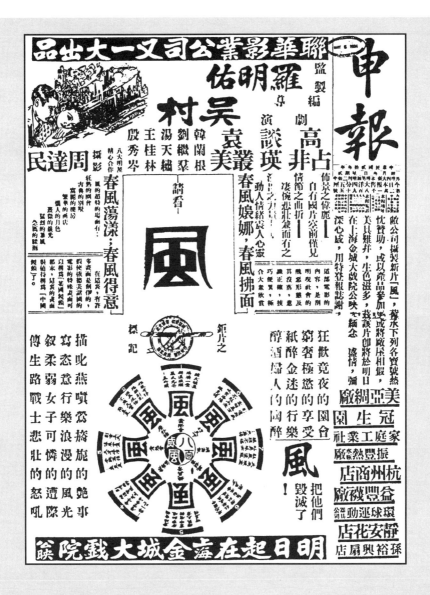

漁船兒飄飄

　　一九三四年六月，張愛玲的父親已經娶後母進門兩二、三個月了，父親在後母進門前，把小說通通清掉，洗手不看了。張愛玲在一篇散文裡說，那些《廣陵潮》、《人海潮》、《歇浦潮》、《春明外史》、《人間地獄》、《人心大變》等等，她「住校回來，已經一本都沒有，所以十二、三歲以後就再沒看見過，當然只有片段印象。」

　　這兩、三句話說得淡淡，但到底是什麼原因，使得原本那麼喜歡蒐集小說的父親這麼做？而且是在續娶前。這種動作，像是為了與記憶中難忘的舊情人分別而燒掉情書，或是類似女子痛下決心，慧劍斬情絲，去美容院剪掉整匹長髮。但是再怎麼燒掉情書或剪掉頭髮，表面的儀式仍不能彌補心中的傷痕，那些書，也許有母親在家時的影子吧！

　　《漁光曲》從六月十三日上演，演員中有張愛玲最喜歡的王人美和談瑛。故事是以漁民生活為背景，敍述一對漁村兄妹，原本與船主家兒子友好，後來船主家兒子到國外去留學專攻漁業，船主家與外國公司合作用輪船捕魚，使得漁民生計大受影響。

　　兩兄妹只好與老母親到上海投靠舅舅，舅舅靠著在路邊賣唱維生，於是他們也跟著賣唱，卻遇見學成回國的船主兒子，因為同情他們，給了一百洋元，這錢卻使得他們被誣賴為搶劫的盜賊而被捕，等到好不容易弄清楚被釋放了，家中卻起火，舅舅和母親都葬身火海。同時船主家也起了很大的變化，漁業公司破產，船主兒子只好和兩兄妹一起回漁村上船工作。妹妹與船主兒子原本已經感情很好了，很不

幸的，卻因為捕魚受傷而去世。

這部電影的悲情內容，主題曲淒怨動人，使得整個上海大為轟動，直到八十四天之後才下片，簡直已經破了當時電影上映的世界紀錄。

「東方現出微明，星兒藏入天空，早晨漁船兒返回程，迎面吹過來送潮風，天已明、力已盡，眼望著漁村路重重，腰也酸、手也腫，捕得的魚兒腹內空，魚兒捕得不滿筐，又是東方太陽紅，爺爺留下的破漁船，小心還靠他過一冬⋯⋯

「雲兒飄在海空，魚兒藏在水中，早晨太陽裡曬漁網，迎面吹過來大海風，潮水升、浪花兒湧，漁船兒飄飄各西東，輕撒網，浪花湧，煙霧裡辛苦等魚蹤，魚兒頻捕租稅重，捕魚人兒世世窮，爺爺留下的破漁網，小心再撒他過一冬⋯⋯」

顯然整個暑假，張愛玲都能從無線電廣播中聽到，電台和電影公司都有免費的〈漁光曲〉樂譜歌詞可以索取，百代公司還出了王人美獨唱和聶耳獨奏的兩種唱片版本。但是到了一九六八年文化大革命時，導演蔡楚生卻因為這部片子遭到清算，罪名是提倡「階級協調」。

張愛玲從九歲就學鋼琴，母親在家時，已經把她訓練成每天早晨練習鋼琴的習慣，母親希望她不論在氣質上、動作舉止上，都能夠成為真正的淑女。練習鋼琴雖然不是她喜愛的功課，但也許是想到母親的希望吧，她還是把練習曲反覆彈了又彈，直到厭煩了。窮極無聊之際，興了教丫頭唱〈漁光曲〉的念頭。

那個胖丫頭是後母娘家帶來的，平日傻憨憨不怎麼俐落，張愛玲並不頂喜歡她，但是這時卻不知怎麼地，極有耐心地邊彈邊唱教她，光是開頭兩句就鬧了半天也還學不會。十三、四歲的孩子，喜歡一首流行歌曲時可以像著了魔一樣，一天到晚聽也聽不膩，唱也唱不完，這麼教也教不厭煩，卻把樓上的後母惹得惱火，隨便挑撥一下，父親當然就下樓罵人了，索性連早上也不准練鋼琴。

他已經把書都丟了，現在最好也不要有早晨的琴聲，免得那些難堪的往事像鬼影子一樣繼續糾纏。對於少年張愛玲而言，那些書像是她與父親情感聯繫的橋樑之一，書被清走，在橋樑的中央就已出現了致命的裂痕，張愛玲住校回家，連進父親的書房也沒有意思了，後母的不時挑撥便加速橋樑的斷裂。

也許這天早晨，挨了父親的罵之後，這個十四歲少女先是漲紅了臉，然後氣得躲到不知什麼角落裡哭，聽見別人家無線電裡傳來「漁船兒飄飄各西東……」，抽咽得更傷心了。

支那之夜

　　張愛玲的〈對照記〉中有一張與李香蘭的合影，她自己坐著，李香蘭卻站在她身後，看起來頗有中國女作家大過日本小明星的味道。

　　李香蘭（山口淑子）的傳奇大概沒有人不知道吧！在四○年代初她主演過《白蘭之歌》、《支那之夜》，飾演角色都是崇拜日本軍人的中國姑娘，直到一九四二年的《萬世流芳》，那首愛國愛民族的〈賣糖歌〉隨著唱片穿越淪陷區，散布到各地，才讓她在中國真正大紅大紫。

　　一九四一年十二月，在太平洋戰爭爆發的同時，日軍進駐上海租界，上海的電影公司也不斷被合併，日本軍部派川喜多主持其事，川喜多正政是日本東寶東和電影公司會長，一九三九年在上海創辦中華電影公司，曾肄業於中國北大，和中國電影界許多人士私交頗好，對於中國人而言，他是日本人，是殖民者，但對於日本人而言，從他父親的時代，他們就已經是親華派的自由主義者。

　　他在一九四二年找上張善琨合作，合併了新華、藝華、國華、金星、合眾等十二家影業公司，成立中華聯合製片，簡稱中聯。上海早期的影業公司如聯華、天一、明星，都分別於三一、三六、三七年結束解散，所以合併中沒有他們。張善琨於一九三四年創辦新華影業公司，旗下也有不少好編導如卜萬蒼、李萍倩，好演員如高占非、與阮玲玉合作過多次的金焰、胡萍、顧蘭君、周璇、王人美等等。

　　從四二到四五年八月的兩年多時間中，上海的國產電影似乎拍得比以往更多，但多半巧妙地避過敏感的民族情操或政治意識，所以最多的是愛情片、喜劇滑稽片或是取自原本戲曲故事的古裝片，不然就

是日本片，《萬世流芳》似乎是例外特別的。

這部片子是描述清朝末年林則徐燒鴉片抵抗英軍的事蹟，英軍既是日本的敵國，林則徐又能隱約反射人們的民族情感，是川喜多與張善琨巧妙的設計。李香蘭飾演的賣糖姑娘雖然是次要角色，但因為歌聲甜美，角色又正面討好，所以特別受到歡迎。

這個時候的《新聞報》、《申報》上，原本大塊大塊的電影廣告早已不見了，全都擠在版面的下半部，一九四四年七月十二日，報上還刊有李香蘭獨唱會和她主演的《蠻女情歌》的廣告，還有一年的時間才和張愛玲合影，據她後來的回憶，因為長久以來被迫冒充中國人，那時候心情上十分痛苦矛盾，在中國不是中國人，回到日本又不被日本人認同，已經決定向所屬的「滿映」辭職，但是與另一個系統的川喜多的關係仍然十分不錯。

一九四五年，李香蘭與張愛玲在《雜誌》月刊所舉辦的「納涼會記」中碰面，時間是七月二十一日，距離日本無條件投降只剩十餘天，川喜多也在其中露面說話。這時候的張愛玲距離《傾城之戀》舞台劇演出已經半年了，胡蘭成飛到武漢去辦《大楚報》，與小周的事情也早已深深刺傷著她的心，但是表面上誰也不知道她發生了什麼事，她是暢銷書《流言》、《傳奇》的作者，也是衣著奇怪時髦的上海女作家。

當張愛玲被問到是否能以李香蘭為主角寫一齣劇，張愛玲的回答卻十分巧妙：「李小姐唱〈支那之夜〉，就像歌裡面說到的東方的小

鳥，人的許多複雜問題與麻煩她都不會有。我看了《萬世流芳》，很不滿意，不過裡面可以看出李小姐的演技同一班中國演員的過火是絕對相反的兩個系統，簡直格格不入，我看著一直替她為難叫屈。在中國觀眾看來，太自然了也許就等於『瘟』了吧，可是她的個性與喉嚨實在可愛的緣故，他們還是熱烈地接受了她。……」說來說去，總是因為李香蘭太特殊了，其他演員和導演根本成了多餘的，為她寫劇，一定得十分風格化，但是以中國電影的現況，甚至日本或好萊塢電影的程度都還不夠配合，所以最後，「替李小姐著想，現在暫時還是開歌唱會的好。」

這是什麼意思？懂得四兩撥千斤的中國人不可能不莞爾，這也就能理解，為什麼那張照片裡，坐著的張愛玲會有那種神氣了。

浮花浪蕊

距離「願使歲月靜好，現世安穩」的婚書約定還不滿一年，一九四五年八月抗戰勝利，胡蘭成開始逃亡的生涯，從這一年起，直到三十二歲的一九五二年，張愛玲看到一向歌舞昇平的上海劇烈而荒謬的變化，從絢爛到灰暗，她把離開上海那波折矛盾的心路寫成〈浮花浪蕊〉，她是被那些歷史的荒謬推向茫茫大海的彼端。

戰後的上海從日本軍人手裡重回祖國的懷抱，但是十二月三十日的電影廣告版面一反往常，完全沒有任何影片廣告，卻突兀地出現一則聲明：「上海市全體電影院今日停業一天。」回到新聞版面才更清楚來龍去脈，那條大標題有些令人啼笑皆非：「全市影院不勝挨打，停業一天表示申訴，明日起仍照常放映。」

原來前一天，全上海的影業代表共四十餘人，在美琪影院從下午兩點鐘開會到晚上七點，並且告訴所有的報社記者休業一天，「並非政治性的罷工，實在出於不得已，向社會及市政當局做合理之申訴而已。緣過去兩月來，自稱軍人便衣人員及武裝軍人，強索簽票。不付捐稅，或佔據定座，與職員口角，而至生誤會，不聽解釋與勸告，任意動武，致使目前麗都、南京、大上海、滬光等影院之職工身受重傷。職工方面要求院方保障，而院方處此境地，亦無法取得保障。……」

除了聲明之外，在場記者還問了會議主席幾個關鍵性問題，從主席的回答中可以得知，上海的電影院在戰後也曾因應這樣的情況，以早場招待國軍看戲，但是「他們（軍人們）說不方便」，又想到軍中慰

勞，特別放映，但是「又不知如何去慰勞，是在什麼地方慰勞，市政當局也沒有和我們接洽」，弄得他們無所適從。

戰後的上海街道上到處都可以見到美軍，所以記者又問：「美軍付錢買票嗎？」得到的答案是：「完全照付。」可能怕說得太過頭了，又趕緊補幾句：「國軍中規矩的人，付錢買票也很多，擾事的人不過少數。」但是每天簽票看戲的軍人至少佔客人全數的百分之二十到四十之多，如果是星期假日全體客滿，倒是可以說沒有座位，推諉敷衍兩下子，平日人少的時候有軍人來看「白戲」，就完全虧本了。

虧本事小，這則新聞的後面陳述了幾則戲院職工被毆打的經過，多半是頭部受到打擊而重傷。張愛玲的姑姑戰後曾在大光明戲院做翻譯的工作，說不定這一天她便因此偷得空閒。如果再看看整個新聞版面，上頭是大華戲院被一青年偽裝成特務隊，詐去十萬元；右下角又是「偷兒潛入渡輪竊煤，以致水手被推落水而溺斃」；「軍裝強盜搶劫被捕」；「妓院被盜賊搶劫」等等。

上海租界大概從來沒有這麼亂過，即使日軍佔領期間，上海人再討厭小日本，大家都還是規規矩矩過日子。再過一年又兩個月，一九四七年的二月二十八日，類似卻更不幸的事情在台灣也上演了。

戰後的全中國亂著，全世界亂著，百廢待舉卻無可舉。再過四個月，仍在逃亡中的胡蘭成便將收到張愛玲的一封訣別信，「歲月靜好」與「現世安穩」，這亂世中最卑微謙伏的希求，成了最華麗而悲涼的讖語，她個人的歷史，一點一滴，都將奔匯入時代的浮花浪蕊中。

全市影院不勝挨打
停業一天表示申訴
明日起仍照常放映

不了情

　　戰後的電影廣告版面又恢復成活潑的樣子，一九四七年四月二日，《新聞報》的電影廣告版面上出現了一個框框，裡面沒有劇情圖片，只有幾個字：「影壇特訊，文華影片公司出品，《不了情》，桑弧導演，張愛玲編劇。」下面是華德狄斯耐的卡通長片《彩虹曲》。四月三日以後就出現了陳燕燕、劉瓊的劇照，並且加上「千萬種感慨，無盡般哀愁」、「銀幕下觀眾哭，銀幕上演員勿哭」、「情近乎痴、愛入於真」，簡直要顛倒眾生了，但是緊接著的一旁卻有幾行字：加映國防部新聞局製作的《國軍收復延安》新聞短片。哀情與時事可以結合得這麼巧妙互諷，也只有在上海了！

　　《不了情》在卡爾登與滬光兩戲院上映到四月三十日，由國際戲院接著二輪，十分轟動，這是戰後張愛玲第一次被上海人重新擁戴。從一九四五年的八月號《雜誌》月刊上的〈納涼會記〉刊出後，包括《雜誌》在內的幾種與日本政府相關的刊物，陸續因為日軍潰降而樹倒猢猻散，國民政府接管上海後，開始以漢賊不兩立的原則算總賬，凡是在日軍佔領時期大紅大紫的文人都有份，如柳雨生、譚惟翰、蘇青、潘柳黛等等，更不用說是胡蘭成，以及與胡蘭成大有關係的張愛玲了。

　　一九四六年一整年，多產的張愛玲變得完全沒有作品發表。那年二月，她去溫州探訪逃亡中的胡蘭成，卻發現在小周之外，還有另一個范秀美。回程大約還在農曆正月前後，她把感喟寫入四七年發表於《大家》月刊創刊號（四月號）的〈華麗緣〉中，那應該是回上海途中

在諸暨斯宅受到的招待，開頭第一句就是「正月裡鄉下照例要做戲」，最後她寫道：「我，雖然也和別人一樣的在厚棉袍外面罩著藍布長衫，卻是沒有地位，只有長度、闊度與厚度的一大塊，所以我非常窘，一路跌跌衝衝，踉踉蹌蹌的走了出去。」

終歸是從一大家子熱鬧的戲場集會上逃走了。

她在發表的文章上這樣隱隱晦晦，卻把真正的心碎寫在信中寄給胡蘭成，後者就在《今生今世》中得意地披露出來。許多女性讀者也許要罵胡蘭成壞，雖然是個大才子，卻對女子背信忘義，最可惡的是，還把性情高傲倔強的張愛玲寄給他的書信公開來！但是還好有這樣反面意義的胡蘭成，那些文字對張愛玲本人當然是不公平的，卻更能讓人們理解她的生命歷程。對照張愛玲前後期的小說，從潑辣狠毒的曹七巧，到溫順婉約卻又命運乖舛的曼楨、家茵，情感挫折使得張愛玲的筆下有更豐潤的人生。

張愛玲把自己的故事變換成另一種面貌，放到《不了情》裡面，

同時又改寫成小說〈多少恨〉，發表於一九四七年《大家》月刊五月號及六月號，正是電影《不了情》上映後將近一個月，接著，胡蘭成就在六月十日接到張愛玲的訣別信，那封信裡寫道：「我已經不喜歡你了。你是早已不喜歡我了的。」

這樣決絕，卻仍附上三十萬元，作為最後一筆逃亡中的資助，應是《不了情》的編劇費，因為《太太萬歲》要到該年十二月才上映，那時候的電影廣告上還可以看到費雯麗主演的《亂世佳人》。

這些時間是巧合的嗎？不是吧！那是張愛玲細密的心思織就的一張網，把所有的愛戀、淚水、夫妻的恩義都網在其中，然後一甩手，扔向天際，它們都將幻化為一道道絢爛的虹，美麗，卻不再擾人。

【4·後記】

但看蛛絲馬跡
張愛玲的愛恨與情仇

　　《滾滾紅塵》中曾經依照張愛玲的故事與形象打造劇中的男女主角，雖然在張子靜的《我的姊姊張愛玲》出版之後，人們更了解張愛玲的生活細節，對於她的戀情，卻始終停留在胡蘭成《今生今世》片面的敘述和《滾滾紅塵》中浪漫愛情的印象。對於這段戀情，張愛玲在世時始終一字不提，如果不是後來夏志清教授公開私人信函，人們也永遠不會知道張愛玲在中晚年還在信裡提到胡蘭成，甚至因此差一點可以看到另一部長篇《小團圓》。

　　遠行版《今生今世》初版於民國六十五年七月，出版前手搞曾被《春秋》雜誌先行刊登了兩大章，〈民國女子〉在《春秋》雜誌上刊登的標題是：「胡蘭成筆下的『我妻張愛玲』。」〈漢皋解珮〉的標題則是：「胡蘭成的另一段孽緣：小周之戀的自白。」都和出書後的內容有些差距。

　　〈漢皋解珮〉中刪掉的一大段都在敘述到武漢辦《大楚報》的立意、原由與過程，〈民國女子〉則是刪掉說到汪政府與論及共產黨的段落，然後增加一些類似中華民國有無限希望與可能的句子，這是與當時書籍檢查和威權統治的大環境有關。至於張愛玲與小周（如果那時候還在人世）看到了會有什麼不舒服的感覺，當然都是不重要的了。

　　如果照胡蘭成說的，先看到一篇〈封鎖〉，因此對「張愛玲」有了初步的印象，及至「《天地》第二期寄到，又有張愛

玲的一篇文章，這就是真的了。這期且登有她的照片。」這裡胡蘭成所說的「第二期」，應當不是雜誌本身的編號，而是收到的「第二本」《天地》，因為〈封鎖〉就刊登在第二期的《天地》，再寄到的應該是第三期或第四期了，但是第三期沒有張愛玲的照片，因此應該是第四期。

也就是唐文標在《張愛玲資料大全》開頭蒐集到的照片之一，刊登於《天地》月刊一九四四年正月出版的第四期上，那張照片中的張愛玲梳著中分中國式的頭髮，有著溫柔的柳月眉，嘴角微微含笑，像一位無論何時何地都懂得進退舉止的大家閨秀。

後來張愛玲因胡蘭成提起那張照片，就取出送了他，並且在背後寫了後人不斷引用的兩行字：「見了他，她變得很低很低，低到塵埃裡，但她心裡是歡喜的，從塵埃裡開出花來。」

在胡蘭成尚未認識張愛玲之前，先有這樣的照片讓他配合著文章讀，依照胡蘭成標準的「風流彩帳」性格，一定是要「傻里傻氣的高興」了。這裡被刪了一段：「這樣糊塗可笑，怪不得我要坐監牢。我是政治的事亦像桃花運的糊塗。但我偏偏又有理性，見於我對文章的敬即在獄中的靜。⋯⋯及我獲釋後去上海，一下火車即去尋蘇青。蘇青很高興，從她的辦公室陪我上街喫蛋炒飯，隨後到她的寓所。我問起張

愛玲……」

這麼一來，就能夠確定，張胡兩人初識是在一九四四年春天，而非一九四三年冬天，並且是在胡蘭成因為一篇文章獲罪被關，又被釋放回上海之後。至於胡蘭成為什麼一回到上海不回去大西路美麗園的家，至少趕緊看看太太和孩子吧，卻直接去找蘇青？那可是另一段話了，吾人卻不得而知。

胡蘭成在滿懷期待和幻想的時候向張愛玲與姑姑住處的門洞投遞了一張名片，及至真正見到張愛玲本人時，卻又愣住了，他敘述道：「只覺得與我所想的全不對。她進來客廳裡，似乎她的人太大，坐在那裡又幼稚可憐相，帶說她是個女學生，又連女學生的成熟亦沒有。」又說：「她原極講究衣裳，但她是個新來到世上的人，世人各種身分有各種值錢的衣料，而對於她則世上的東西都還未有品級。她又像十七、八歲正在成長中，身體與衣裳彼此叛逆。」

這是什麼意思？他的腦袋瓜裡千想萬想、舉止幽柔的古典美人不見了，大概有點失望！他看到的是個比他小十幾歲，不論是說話表達或是身材，都還不十分成熟的女學生，還又長得太高。如果那張照片像這樣的真人，也許胡蘭成想見張愛玲的興趣就沒有那麼高了吧！

這時候的張愛玲除了在《萬象》雜誌發表〈連環套〉的

長篇連載之外，也還兼寫許多散文稿，每個月都有兩、三篇分別刊登在不同的雜誌。三月分在《天地》發表的〈談女人〉還是男人女人針鋒相對的，四月分在《雜誌》月刊發表的小品〈愛〉，卻有一百八十度風格上的大轉變。

這篇〈愛〉，應該就是胡蘭成那位俞家庶母的故事，筆調輕切柔軟，「於千萬人之中，遇見你所遇見的人，於千萬年之中，時間的無涯的荒野裡，沒有早一步，也沒有晚一步，剛巧趕上了，那也沒別的話可說，惟有輕輕的問一聲：『噢，你也在這裡嗎？』。」這樣溫婉，簡直要與那個打造了曹七巧和白流蘇的作者不相干了！張愛玲在皇冠版《流言》中，安排在〈談女人〉的後面，顛倒了發表時間的順序，是故意的麼？

一九四四年的五月是個熱鬧的月分，《萬象》雜誌上刊登了張愛玲的〈連環套〉，同時又刊出迅雨的批評〈論張愛玲的小說〉，《天地》月刊中則繼續有張的兩篇散文，《雜誌》則在刊登〈紅玫瑰與白玫瑰〉的同時，也刊出胡蘭成的〈評張愛玲〉，同樣是評論文章，迅雨那篇是又嚴格又有條理，胡蘭成那篇雖然才登出「上」，卻已經是盛讚多過所謂的評論。

胡蘭成的評論文章寫成這樣，當然張愛玲是喜歡的，因為是戀人的稱讚，但是迅雨的那篇評論卻真正打擊到她寫〈連環套〉的信心（或者說是心情），除了寫一篇〈自己的文

章〉回應之外，也腰斬了還沒寫完的〈連環套〉，張子靜在回憶中，把這篇小說寫得鬆散歸因於：「姊姊沉浮於盛名與愛情之間，對自我分寸的拿捏可能有些恍惚不定。」熱戀中的人總是覺得全世界都在歡唱，筆下輕快疏鬆些也是有可能的。

六月號的《雜誌》續完〈評張愛玲〉，同時張的小品〈打人〉也在《天地》刊出，寫在外灘看見警察用鞭子狠打一個十五、六歲的孩子，大約聯想起她被父親拳打腳踢的慘綠時光，氣得想做官，或是做不了官，也做個主席夫人，「可以走上前給那警察兩個耳刮子。」

這篇小品被汪政府的人看到之後，見到胡蘭成時總要抱怨兩下子，就成了〈民國女子〉中被刪去的一大段：「雜誌上也有這樣的批評，可惜意識不準確。還有南京政府的一位教育部長向我說：『張小姐於西洋文學有這樣深的修養，年紀輕輕可真是難得。但她想做主席夫人，可真是不好說了！』我都對之又氣惱又好笑。關於意識的批評且不去談它，因為愛玲根本沒有去想革命神聖。但主席夫人的話，則她文章裡原寫的是她在大馬路外灘看見警察打一個男孩，心想做了主席夫人就可拔刀相助，這一念到底亦不好體系化的發展下去云云，如此明白，怎會不懂？而且他們說她文采欲流，說她難得，但是他們為甚麼不也像我歡喜她到了心裡去。」

中國人老喜歡在文字裡挑文人的骨刺，張愛玲要做「主席夫人」，在那些官員心裡，難免有胡蘭成想當主席的影射，自然是「不好體系化的發展下去」了！現在看起來雖然令人發笑，但在當時一定也給胡蘭成惹了一些麻煩和風波，他才會有「氣惱」之說，否則一笑置之不就行了？

不過，張愛玲那時候既不是主席夫人，大約也還不是胡夫人。他們到底是在幾月結婚？雖然胡蘭成寫得模糊，但是基本上，胡的文字敘述有按照時間先後的習慣，刪掉的那一大段是接在「七月間日本桓宇大將來上海」之前，之後才寫到「英娣竟與我離異，我們亦才結婚了」，所以寫婚書應該是七月以後的事情。

那麼，一九四四年七月之前，汪政府那些官員們都怎麼看張愛玲的？胡蘭成的情人？還是如夫人？張愛玲當然不願意吧！但是愛情的酸與甜就在於承受的過程，比照唐文標的時間表，五、六、七月分剛好在《雜誌》上連載的是分三期刊登的〈紅玫瑰與白玫瑰〉，難道這篇拍成電影的同名小說，就是她在這種心情下寫成的？或者十一月發表的〈殷寶灩送花樓會〉裡，作為第三者的殷寶灩看到人家太太在客廳裡餵孩子吃東西的樣子，卻是張愛玲自己之前去大西路美麗園胡蘭成家中看到的場景？也不無可能吧！大多數的男人都需要兩種以上的女人來調劑生活。

每個月十日才出刊的《雜誌》月刊，在七月、八月分別刊登的〈說胡蘿蔔〉、〈詩與胡說〉，誰都看得出來字裡行間的甜蜜，〈說胡蘿蔔〉甚至還有些年輕太太的味道，連日本軍部戶口米戶口鹽的配給制度都愁不了她。九月分短篇小說集《傳奇》由《雜誌》出版社發行，賣得相當好，不到一個月就再版，就在張愛玲家庭事業兩得意的時候，胡蘭成卻正被汪政府裡許多人排擠的時候，十分不得志。

十一月創刊的《苦竹》月刊就是胡蘭成紓志的方法之一。

這份雜誌的構想到底什麼時候開始？看一看張愛玲的〈詩與胡說〉大概就明白了！她什麼也不說，卻在這裡露了冰山一角。在第三段她寫道：「周作人翻譯的有一首著名的日本詩：『夏日之夜，有如苦竹，竹細節密，頃刻之間，隨即天明。』我勸我姑姑看一遍，我姑姑是『輕性智識分子』的典型，她看過之後，搖搖頭說不懂。」什麼世界局勢，什麼戰爭局面，什麼隨即天明，姑姑的不懂，大概也是張愛玲的不願意去懂吧！只因為是丈夫正在想著的事情，所以輕輕鬆鬆地記下一筆罷了。

胡蘭成在上海辦了兩期的《苦竹》，兩期裡都有張愛玲精采的文章，待胡十二月西飛武漢辦《大楚報》之後，張也不再給《苦竹》寫稿了。其實《苦竹》本身也是短命的雜誌，

只有四期便結束，主要原因也是得不到汪政府中其他人的支持。

接下來眾所週知的，胡蘭成在武漢當然就地取材，又有了十八歲的護士小周，遠在上海的胡太太張愛玲還被蒙在幸福的鼓裡，所以有〈中國的日夜〉這樣跳躍歡愉的文章出現，並且也還忙著《傾城之戀》的小說改編同名話劇的公演。連去信給胡蘭成，說到上海開始防空燈火管制，都還能幽默地拿沈啟無的詩開玩笑，大概是胡先去信抱怨沈啟無，張愛玲才會以此為丈夫解悶。

小周的事情胡蘭成是完全不隱瞞的，就像當初對英娣不隱瞞張愛玲是一樣的。被幸福包裹著的日子，水晶玻璃特製的愛情，就在一九四五年的二、三月被胡蘭成的幾句誠實語打碎了。在三月分《天地》月刊的〈雙聲〉，張愛玲與好友炎櫻俏皮有趣的對談中，無聲無息地談到好一大篇丈夫、情人、妻子的三角關係，以及「忌妒」這樣的情感成分。

無獨有偶的，胡蘭成記得自己在對張說到小周時，寫了兩段：「愛玲這樣小氣，亦糊塗得不知道妒忌。」、「愛玲亦不避嫌，與我說有個外國人向她的姑姑致意，想望愛玲與他發生關係，每月可貼一點小錢，那外國人不看看愛玲是甚麼人。但愛玲說時竟沒有一點反感。」

如果外國人的事是愛玲當時的隨即反應，那麼所有的女

性讀到這裡理當了解了，當然是氣不過，才會表面上沒反應，卻說出顛倒的話，也想同時氣一氣丈夫，如果對方真的生氣了，一方面做太太的心情會變得好些，另一方面則表示丈夫還是在意家裡的太太。

在愛情面前，真是任何人都要變成傻瓜的麼?!就是聰明如張愛玲者，也還逃不過一個「情」字。

《今生今世》是民國六十幾年在台灣出版，但是一九六六年就已經在香港出現了上卷，當時的張愛玲在美國一定看到了，生氣得在給夏志清的信（編號第十九，聯文雜誌第十三卷第七期）中寫道：「胡蘭成書中講我的部分纏夾得奇怪，他也不至於老到這樣。不知從那裡來的quote我姑姑的話。幸而她看不到，不然要氣死了。後來來過許多信，我要是回信勢必『出惡聲』。」

這裡面的「後來來過許多信」，原因就是《今生今世》下卷所寫的，張到美國後曾經從日本友人轉了一張明信片給胡，那時她已經是賴雅太太了，明信片上雖說是光明正大的借書，卻給了在日本的胡蘭成另一種想像，從此寄了許多信到美國，《今生今世》的上卷也是胡蘭成寄去的。

成為賴雅太太的張愛玲，當然不再回信，但是對於胡蘭成，她到底記恨多久？將近十年之後的一九七五年，編號第六十七封信中，她說到幼獅文藝轉載〈浪子與善女人〉舊

文，「我也忘了裡面有她（炎櫻）寫給胡蘭成的一封信，……頭痛萬分。」接下來第六十九封信則又強調一次：「三十年不見，大家都老了……胡蘭成會把我說成他的妾之一，大概是報復，因為寫過許多信來我沒回信。」

她一定是心裡很不舒服，才會一再說，但是當時的台灣還許多人搞不清楚狀況，一九七七年七月第八十封信這麼寫著：「沈登恩是胡蘭成的出版人，曾經寫信來要替我出書，說：『胡先生可代寫序。』我回掉了之後還糾纏不清，只好把送的書都退了回去。又去見宋淇，說現在知道錯誤了，胡蘭成的書也已經都收回了。前一回又聽說仍在經售。我根本沒信沈的話。請代回絕。」第八十一封仍在說沈登恩的事，顯然很頭痛：「我知道你是關心《赤地之戀》絕版，當然非常感激。不過我不想由沈登恩再版這本書，他已經在廣告上利用我的名字推銷胡蘭成的書，不能不避點嫌疑。」

「利用名字」，這一點是很明顯的，被張愛玲一眼識破也不足為奇，胡蘭成在中國時報副刊為鹿橋寫評時，也都忍不住帶一筆張愛玲。只是，一年多的夫妻、愛戀，到頭來成了甚麼？對於張愛玲而言，《今生今世》這樣的一本書的出版銷售，是多麼慘不忍睹的事實。

這是她晚年開始寫《小團圓》的原因嗎？就在第一次提到胡蘭成的第六十七封信之後，從第六十八封信開始，張愛

玲說：「我這一向一直在忙著寫個長篇《小團圓》，寫了一半。」之後的好幾封，不斷提到《小團圓》，一九七六年就已經初步完成的這篇長篇小說，初稿就有十八萬字，預定先在皇冠與聯合報副刊連載，《世界日報》也同步刊出。夏志清教授在按語中說明：「莊信正也同我一樣，並無看過《小團圓》的任何作者稿本……但據他所知，這部生前未發表的小說是根據她同胡蘭成這段恩怨故事而加以改編的。」

這就難怪張愛玲要說：「我在 euphoria 過去之後發現《小團圓》牽涉太廣，許多地方有妨礙，需要加工，活用事實。」直到一九九一年《對照記》都出版了，《小團圓》卻還在修改中，甚至直到她過世前也還未修改完成。

這一部未完成的作品，同時也未「出土」，沒有人看過、讀過，被假設夾在遺物中。不過，如果那真是半自傳性的長篇小說，依照張愛玲的個性，也許最後完成不了的，就也不必讓世人讀到！對於一生痛恨，卻忘懷不了的惡劣的初戀情人，就讓書寫成為另一種私密的洗禮吧！

5・重要參考書目

《張愛玲全集》十六冊　皇冠

《我看鴛鴦蝴蝶派》業強　魏紹昌　一九九〇

《上海時裝圖詠》廣文　天虛我生等撰　一九六八

《上海史話》畝傍　米澤秀夫　一九四二

《上海絲織業概況》聯合徵信所編　一九四六

《上海證券交易所年報》上海證券交易所編　一九四八

《紅色上海八年》駱駝　孫怡　一九五八

《上海金融史》學海　徐寄廎編　一九七〇

《上海之工業》學海　上海市社會局編　一九七〇

《上海錢莊（一八四三～一九三七）：中國傳統金融業的蛻變》
中研院三民主義研究所　鄭亦芳　一九八一

《上海租界問題》正中　吳圳義編　一九八一

《中華民國海關華洋貿易總冊》國史館史料處
上海通商海關造冊處譯　一九八二

《上海銀行公會事業史》文海　徐滄水編述　一九八七

《上海繁昌記》文海　葛元煦　一九八八

《上海研究資料》文海　上海通社編　一九八八

《上海共同租界工部局年報》文海
上海共同租界工務局編　一九八八

《上海市商業會計統計》文海　上海市商會商務科編　一九八八

《上海之商業》文海　上海市社會局編　一九八八

《九一八時期上海的對日經濟絕交運動》作者出版
鄭麗榕　一九八九

《北伐前後上海的工人運動》 作者出版 黃銘明 一九九一

《中華民國電影史》文建會 杜雲之 一九八八

《近代上海繁華錄》商務 唐振常主編 一九九三

《上海700年》上海研究中心、上海人民出版社編 一九九一

《上海摩登》牛津 李歐梵 二〇〇〇

《電影百年發展史──前半世紀（上）》美商麥格羅‧席爾
廖金鳳譯 二〇〇一

張愛玲的廣告世界

作　　　者／魏可風
發　行　人／張寶琴

總　編　輯／許悔之
資深主編／鄭栗兒
執行編輯／張清志
助理編輯／郭慧玲
美術編輯／周玉卿　戴榮芝
校　　　對／郭慧玲　魏可風

法律顧問／理律法律事務所
　　　　　陳長文律師、蔣大中律師

出　版　者／聯合文學出版社有限公司
地　　　址／台北市基隆路一段180號10樓
電　　　話／(02) 27666759・27634300轉5107
傳　　　真／(02) 27491208 (編輯部)、27567914 (業務部)
郵撥帳號／17623526 聯合文學出版社有限公司
登　記　證／行政院新聞局局版臺業字第6109號
網　　　址／http://unitas.udngroup.com.tw
　　　　　E-mail:unitas@ms4.hinet.net

印　刷　廠／世和印製企業有限公司
總　經　銷／聯經出版事業公司
地　　　址／台北縣汐止鎮大同路一段367號三樓
電　　　話／(02) 26422629

版權所有‧翻版必究
出版日期／2002年10月　初版
定　　　價／240元
copyright © 2002 by Wei Ke-feng
Published by Unitas Publishing Co.,Ltd.
All Rights Reserved
Printed in Taiwan

ISBN 957-522-396-9 (平裝)
《本書如有缺頁、破損、裝幀錯誤，請寄回調換》